谷崎潤一郎犯罪小説集

谷崎潤一郎

集英社文庫

本書は中央公論社版『谷崎潤一郎全集』を底本とし、表記に関しては、現代かなづかいに変えるなど、読みやすさを考えて適宜改めました。

目次

谷崎潤一郎犯罪小説集

柳湯《やなぎゆ》の事件

その青年が上野の山下にある弁護士S博士の事務所を訪れたのは、或《あ》る夏の夜の九時半ごろのことであった。――

ちょうど折よく、私はその時階上の老博士の部屋にあって、大型のデスクに向い合いながら、何か小説の種にでもなりそうな最近の犯罪事件を、博士の口から聞こうとしている最中であった。こう書いて来れば大概読者は推量するであろうが、博士は古くからの私の小説の愛読者で、私が訪問するといつも喜んで耳新しい材料を提供してくれる人であった。私がなまじの探偵小説を読むよりも、刑事の弁護士として令名の高い、法律学は勿論《もちろん》文学や心理学や精神病学の造詣《ぞうけい》の深い老博士から、彼が長年取り扱っている種々雑多な罪人の秘密を、遥《はる》かに多大の興味を持って傾聴したことは云うまでもなかろう。――

そこで、その青年が部屋のドーアをノックした時は、前にも記した通り或る夏の晩の九時過ぎであった。部屋の中には博士と私と二人だけしかいなかった。博士は例の白い頰鬚《ほおひげ》のある温顔に愛嬌《あいきょう》に富んだ微笑を浮かべ、ゆったりと太ったリンネルの服の背中を煽風器《せんぷうき》に吹かせながら、私は又、遠く上野の山の常盤花壇《ときわかだん》の灯を臨む窓際に肘をかけて、御馳走に出されたアイスクリームをすすりながら、つい先達て新聞の三面記事を賑《にぎ》わせた竜泉寺町の殺人事件に就《つ》いて、いろいろと世間に知れない細かい事柄を語り合っていたところであった。二人は最初、話の方に気を取られていたせいか、その青年が階段を上《あが》って来る際に、聞えた筈《はず》の足音を、全然聞き洩《も》らしていたので、扉《ドーア》の板戸が不意にコツコツと叩《たた》かれた時には、ちょいと意外の感がした。が、博士はちらりと戸の方を見て、

「お這入《はい》り」

と簡単にそう云ったきり、再び話を続けようとしたらしかった。多分博士は、何かの用事で給仕が上って来たのだと思ったものであろう。私にしてもやっぱりそうであった。この事務所に通勤している人々は、夕方になれば大概帰ってしまうので、階下の部屋に住んでいる給仕より外《ほか》に、今時分案内もなく二階へ上って来るものはない訳である。然《しか》るに、ドーアの把手《ハンドル》がぐるりと廻転《かいてん》したかと思うと、ドシン！と重い物を引き擦《ず》るような靴の音が響《ひ》いて、一人の見知らぬ青年がよろけるごとく室内へ足を運んだのであった。

「あ、これは何か、余程の罪人だな」

と、その瞬間に私ですら直覚したくらいであるから、博士は無論、私よりももっ

と早く気が付いたに違いあるまい。実際、その時の青年の表情は芝居や活動写真で見るよりもずっと凄惨《せいさん》を極《きわ》めていた。その、飛び出るように大きく睜《みは》った黒味がちの眼の色だけでも、たしかに異常な犯罪者に相違ないことを、どんな素人《しろうと》にでも頷《うなず》かせるだけのものはあった。博士と私とは期せずして顔の色を変えた。しかもこう云う場合に馴《な》れ切っている博士は、慌《あわ》てて椅子《いす》から飛び立とうとする私を軽く手真似で制しながら、沈着な、同時に、少しも油断のない態度で、じっとその青年の方に警戒するような凝視を向けた。

青年は、二人が、相対しているデスクから二、三歩手前まで進んで来て、そこでぴたりと立ち止まったまま、暫《しばら》く黙然《もくねん》として此方《こっち》を睨《にら》み返していた。

「お前は誰だね、何の用があって此処《ここ》へ来たんだね」

と、博士が柔和な口調で尋《たず》ねたけれども、青年は依然として眼を剥《む》いたきり、すぐには何事をも答えようともしなかった。いや、すぐに何事をか答えようとしたらしかったが、余りに呼吸がせいせいと弾《はず》んでいるので口を利くことすらできないようであった。その激しい胸の喘《あえ》ぎ方や、紫になった唇の色や、無上に掻《か》き乱されている髪の毛の様子から判断するのに、恐らく彼は往来を一目散に駈《か》け続けて、やっと今此処まで逃げ伸びて来たのであろう。彼はやがて眼を潰《つぶ》って、片手を心臓の鼓動の上にあてて、なおもはっはっと息を切らせながら、二、三分の間一生懸命に、神経の興奮を取《と》り鎮《しず》めようと努力しているらしく見えた。

青年の年ごろは二十七、八歳、――なりが穢《きたな》らしいためにふけては見えるが、多くも三十を超えてはいなかったであろう。瘦《や》せた、細長い体に古い霜降《しもふり》の背広服を着て、帽子も被《かぶ》らず、散々に挘《むし》り散らした藁屑《わらくず》のような毛髪を、青白い額《ひたい》の上に振りかけて、垢《あか》じみたカラアにはボヘミアン・ネクタイを結んでいた。私は始め、青年の上衣《うわぎ》の肩のあたりに点々と付着している絵の具のしみによって、多分ペンキ屋の職工であろうと推察したけれども、職工にしては何処《どこ》かその顔だちに上品なところのあるのを、間もなく発見せずにはいなかった。それに、長く伸ばした髪の毛の様子と云い、ボヘミアン・ネクタイの工合《ぐあい》と云い、やはり職工よりは美術家に近い風采《ふうさい》であることをも、見逃す訳にはいかなかった。青年は、動悸《どうき》が次第に収まって、その唇の紫色がだんだん生きた血の色を帯びて来るのを感じた時、再び漸《ようや》く眼を開いたが、瞳《ひとみ》の表情はまだ何かしら夢を見ているようであった。彼は博士の顔を見ないで、少しく首をうなだれながら、じいッとデスクの上にやや長い間視線を向けていた。デスクの上には、今しがた私が手にしていたアイスクリームの飲みかけのコップと、卓上電話とが置いてあるばかりなのである。で、彼はそのアイスクリームのコップの方を、いかにも珍しそうな眼つきで、いつまでもいつまでも眺めていた。彼はきっと息を切らせて喉《のど》が渇いているのであろう、それでこのアイスクリームを飲ませて貰《もら》いたいのだろう。——私がそう考えたのは咄嗟《とっさ》の間である。そうして次の瞬間には、私のこの推察は非常な誤まりであったことが明らかになった。なぜかと云うのに、アイスクリームを見詰めている青年の眼つきは、「珍しそう」と云うよりも、寧《むし》ろ「疑い深そう」な色を帯びて来て、見る見るうちに彼の顔には名状しがたい恐怖の情が瀰漫《びまん》したのであった。たとえて云えば、彼はあたかも化物の正体をでも見究《みきわ》めるような臆病《おくびょう》な眼つきで、さも不審そうに、どろどろしたアイスクリームの塊《かたまり》を睨《にら》んでいたのである。それから彼は更に一歩前へ進んで一層入念にアイスクリームのコップの中をと見《み》こう見《み》した後、始めて安心したようにほっとかすかな溜息《ためいき》をついた。その、少なくとも私にだけは合点《がてん》のいかない不思議な素振りを、さっきから静かに観察していた博士は、この時を待ち構えていたように、やさしい語気で再び質問の言葉を云った。

「君は誰だね、そうして何の用事があって来たんだね」

博士はさっき「お前」と云う代名詞を使ったにも拘《かかわ》らず、今度は「君」と改めたのである。この青年が卑しい職工ではないらしいことを、博士も私と同様に後で気が付いたのだろう。

するといきなり青年は、ぐっと一と息唾《つば》を飲んで、大きい眼の上を二、三度パチパチと眼瞬《まばた》きした。それから、急に自分の身に危険の迫っているのを感じたように、今這《は》入《い》って来た戸口の方に注意深い瞳を配って、居ても立ってもたまらないような、うしろから恐い物に追い縋《すが》られているような風を示した。

「いや、突然、案内もなくこんな所へ上って参りまして、大変失礼いたしました。……」

こう云って、青年はやっとその時あたふたと頭を下げてぞんざいなお辞儀をした。

「あなたは、――失礼ですがあなたは、S博士でいらっしゃいますか。僕は車坂町に住んでいるKと云う絵かきなんですが、今、この先の湯屋《ゆや》へ行って、その帰り道に此処をお尋ねしたのです。……」

なるほど、青年は右の手にタオルとシャボンの箱とを持っていた。洋服を着て湯屋へ行くところをみると、彼はこの一張羅《いっちょうら》より外に、着換えの浴衣《ゆかた》をすら持っていないのであろう。が、それにしても、例の長い髪の毛の先が、びっしょりと湯気を含んでいるだけで、手にも顔にも、湯上りらしい晴れ晴れとした色つやは浮かんでいなかったのである。

「……僕は今、ぜひ先生にお目にかかりたくって、その湯屋から一生懸命に駈けて来たのです。実は取次をお願いしようと思ったんですが、生憎《あいにく》下には誰も見えなかったものですから、……それに非常に慌てていたものですから、つい無断で此処へ飛び込んでしまいました。失礼の段は重々お詫《わ》びを申します」

青年の言葉は少しずつ落ち着いて来たものの、その眼の中に漂っている不安の表情は、決して消え去ってはいなかった。むしろ、彼が落ち着こうと焦《あせ》れば焦るほど、一層彼の精神の興奮は明らかに看取された。彼は右の手に持っていたシャボンの箱をポッケットに入れて、濡《ぬ》れたタオルを両手で絞りながら、極めて早口に、どうかすると聞えないくらいな嗄《かす》れた声で、以上の挨拶《あいさつ》を云い終った。

「そうすると君は、何か私に急な用事でもあるのかね。――まあ、其処《そこ》へ腰をかけて、ゆっくりと話したらよかろう」

こう云って、博士は彼に椅子を勧めて、ちょいと私の方を顧《かえり》みながら、

「此処にいるこの人は、私の極《ご》く信頼している人だから、決して心配する必要はない。何か話があるならば遠慮なく云って聞かせたまえ」

「ええ、有難《ありがと》うございます。実は折入って先生に聴いて戴きたい事件があるのですけれど、その前にぜひともお願い申さなければならないことがあるのです。僕は今

夜、事に依《よ》ると、人殺しの大罪を犯しているかも知れません。かも知れませんと云うのは、自分でも果して人を殺したかどうか、ハッキリとした判断が付かないのです。僕は今しがた、多勢の人々が、僕を指して口々に『人殺し人殺し』と呼んでいる声を聞きました。僕はその声を聞き捨てて急いで此処まで逃げて来たのですが、或《あるい》はこうしているうちにも、後から追手が追いかけて来るかも知れません。しかし又考え直してみると、それらは全部跡形《あとかた》もない夢であって、僕の幻覚に過ぎないのかとも思われます。今夜の人殺しが事実だとするには、あまり辻褄《つじつま》の合わないことだらけですし、それに僕は以前から、たびたび幻覚を見る癖《くせ》のある人間ですから、今夜の出来事も何処までが本当なのか、自分では全く分らないのです。人殺しがあったのはほんとうで、下手人は僕でないのかも知れません。それとも或は初めから、人殺しなんぞ全然なかったのかも知れません。『人殺し人殺し』と云う呼び声が聞えたのも、後から追手が追いかけて来たのも、みんな僕の錯覚に過ぎないのかも知れません。僕は決して、自分の罪を逃れたいために、こんなことを云うのではないのです。僕は先生の前で、今夜の事件を何もかも白状して、私が果して忌《い》まわしい罪人であるかどうかを判断して戴きたいと思うのです。で、もしや今夜の殺人が事実であり、その下手人が僕であった場合にも、僕が心からの悪人ではなかったことを、僕の犯した罪は僕の幻覚の祟《たた》りであったことを、先生によって証明して戴きとうございます。ですからどうか、万一この二階へ追手が迫って来るようなことがあっても、僕の話が済んでしまうまでは、僕を警官の手へお渡し下さらないように、それを前もってお願い申しておきたいのです。――僕は、僕のような病的な人間が或る不可抗力に脅《おびや》かされて罪を犯した場合に、その心理を理解して弁護して下さる方は、先生より外にはないと信じています。今夜の事件がなくっても、僕は一遍《いっぺん》先生をお訪ねしようかと、とうから考えていたくらいでした。そこで、先生は僕の只今《ただいま》お願いしたことを聞き届けて下さるでしょうか。話はかなり長くなるかと思いますが、それが済むまで僕をこの部屋へ匿《かく》まって戴くことはできますまいか。勿論話が済んだ上で、自分の罪が明らかになった場合には、僕は潔《いさぎよ》く自首することを誓っておきますが。………」

青年は息もつかずにこれだけのことを云って、温和なうちにも鋭い眼光を備えている老博士の容貌《ようぼう》を恐る恐る仰《あお》ぎ視《み》るのであった。その一刹那《せつな》の博士の顔には、例になく峻厳《しゅんげん》な、いかにも頭脳明晰《めいせき》な学者にふさわしい品格と権威とが溢《あふ》れているように見えた。そうしてじっと熱心に相手の様子を眺めていたが、たといその青年は忌《い》まわしい罪人であるにもせよないにもせよ、彼がとにかく正直な若者であることだけは、疑うべくもないと考えたのであろう。博士は間もなく寛大な態度を示して、次のように云った。

「よろしい、君の話が済むまでは、君の体は私が引き受けることにしよう。君は非常にのぼせているようだから、気を落ち着けて、よく分るように話をするがいい」

「ああ、有難うございます」

と青年は感傷的な口調で云った。それからやっと勧められた椅子に腰を卸《おろ》して、私と共に都合三人デスクの周囲をかこみながら、さて徐《おもむろ》に左のごとく語り出した。

「今夜の出来事を述べるに先だって、僕はどこからこの話の緒《いとぐち》を切ってよいか、この出来事の始まりは何処なのか、いつからなのか、考えれば考えるほどそれは複雑になって来て、殆《ほとん》ど際限もなく過去の問題に溯《さかのぼ》らなければならないような気がします。今夜の事件の性質を、ほんとうに委《くわ》しく説明するためには、恐らく僕の今日までの生涯を、残らず此処《ここ》に披瀝《ひれき》する必要があるかも知れません。或は僕の生い立ちや、両親の特徴までも、詳細にお話しなければ十分でないとも云えるでしょう。しかしそんなことをくだくだしく陳述する余裕もありませんから、僕はただ、自分には気違いの血統があると云うことと、十七、八の時分からかなり激しい神経衰弱に罹《かか》り通して来たことと、現在では油絵を職業にしてはいるものの、職業と云うのも御恥《はず》かしいほど技術が拙劣で、極めて貧乏な生活を営んでいることとを、簡単に申し述べておきましょう。それだけを予《あらかじ》め承知して戴いて、僕のこれから話す事柄をよく聞いて下されば、少なくとも先生にだけは、僕の目撃した不思議な世界や、経験した苦悶《くもん》の性質が、どんなものであるかお分りになるだろうと思うのです。

僕の住まいはさっきもお話したように、車坂町にあって、電車通りの一つうしろの、正念寺と云う浄土宗のお寺の境内にあるんです。僕は其処の長屋を借りて、去年の暮れから或る女と同棲していました。或る女、——そうです、親密の程度から云えば、妻と呼んでも差支《さしつか》えはないようなものですが、しかし彼女と僕との関係は、普通の夫婦関係とは大分違ったものですから、やはり或る女と呼んでおきましょう。いや、それよりも瑠璃子《るりこ》と云う彼女の名前で呼ぶことにしましょう。この話が進むにつれて、彼女のことはしばしば口に上らなければならないのですから。

ありていに云うと、僕は瑠璃子のお蔭《かげ》で、それから瑠璃子は僕のお蔭で、今日のような貧困な境涯に落ちたのです。僕はそれを今更悔んでもいませんが、瑠璃子の方には随分いろいろな不平があるようでした。彼女は日本橋の芸者をしていた時分、僕のようなヤクザな人間と駈落《かけおち》などをしなかったら、今頃は定《さだ》めし立派な人に引かされて、何不自由なく暮らすことができただろうと、そんな考えが年中彼女の胸の中にモシャクシャと蟠《わだかま》っているのでした。僕は今でも気違いのように彼女を可愛がっているのですけれど、根が淫奔《いんぽん》で多情な彼女は、とうから僕に愛憎《あいそ》をつかしているらしく見えました。彼女は折々わざと喧嘩《けんか》を吹きかけてプイと家を飛び出したり、用もないのに男の友達を訪問して夜おそくまで帰って来なかったり、それでなくても嫉妬《しっと》深《ぶか》い僕の神経を、いやが上にも昂《たか》ぶらせるような真似ばかりしました。そんな時には、僕は殆ど正真正銘の狂人でした。自分でも自分の気の狂っていく塩《あん》梅《ばい》が、恐ろしいほどよく分りました。カッと一時に逆上して彼女の襟髪《えりがみ》を摑《つか》むや否や、彼女の体を独楽《こま》のようにぐるぐると引き擦り廻《まわ》し、打《ぶ》ったり叩《たた》いたり、果ては夢中で、何度彼女を殺そうとしたか分りません。ですが瑠璃子はそんなことで怯《ひる》むような弱い女ではありませんでした。どうかすると、僕は彼女の前に手を合わせて、額を畳に擦《こす》りつけて、和睦《わぼく》してくれるように哀願することもありました。けれども、僕のそう云う態度は、結局彼女の驕慢《きょうまん》と我《わ》が儘《まま》とを募《つの》らせるに過ぎなかったのです。勿論彼女をそんな風にさせたのには、僕の方にも罪がないとは云えません。僕は去年あたりから神経衰弱の上に重い糖尿病を患《わずら》っていました。で、そのために、彼女の肉体に愛溺《あいでき》する心はありながら、彼女の生理的欲望に十分な満足を与えることができなくなったのも、二人の不和を増大させる有力な原因だったに相違ないと思います。実際それは、彼女のような健康な、そうして多情な女にとっては、堪え得られない苦悩であったかも知れません。そうしていつの間にか、健康を誇っていた彼女もだんだんと激しいヒステリーになり、矢鱈《やたら》に怒りっぽく、苛《い》ら立たしくなっていきました。桜色に活《い》き活きと輝いていた瑠璃子の顔が次第に青白く痩《や》せ衰えていく様子を見ることは、僕にとっては傷《いた》ましくもあると同時に愉快でもあったのです。僕の気分はそれほど廃頽的《はいたいてき》になり、病的になっていました。瑠璃子のヒステリーは更に二倍の勢いをもって、僕の神経衰弱の上に悪い影響を及ぼさずにはいませんでした。先生は多分、糖尿病と云う病気が、神経衰弱とどれほど密接な関係があるかと云うことを御存じでしょう。それからまた、太った人の糖尿病はさほど恐るるに足らないけれども、僕のように痩せた人間の糖尿病は、きわめて悪性なものであると云うことも御存じでしょう。僕の場合には糖尿病が神経衰弱を重くさせたのか、或はその反対であったのか、孰方《どっち》が先だか分りませんが、とにかくこの二つの病気は互いに連絡を取り足並みを揃《そろ》えて、僕の心身を一日一日に腐らせていくばかりでした。僕は絶えず瑠璃子のことを思い詰めていろいろな妄想を描き、幻覚に襲われ通しました。寝ても覚めても奇怪な夢ばかりを見るようになりました。中でも一番苦しかったのは、自分が瑠璃子に殺されはしないかと云う恐怖だったのです。

僕はこれでも、まだ芸術に対して全然望みを絶っている人間ではありません。現在では瑠璃子の愛に溺《おぼ》れきってはいるものの、せめてこの世に生れたかいには、立派な芸術の一つぐらいは残して死にたいと、不断《ふだん》から願っていたのでした。いかに堕落した、デカダンな生活を送っていても、芸術の生命が不朽であると云うことだけは、固く信じている人間なのです。もしも僕が、今不幸にしてあの女に殺されるようなことがあったら、僕のこの世の中に存在した足跡は、永劫《えいごう》に葬られてしまいます。僕にはそれが何よりも恐ろしいことでした。『今日殺されるか、明日殺されるか』そう思っているせいか、僕は始終物凄《ものすご》い幻に脅かされました。夜半に眼をさますと、瑠璃子がそっと僕の体へ馬乗りに跨《また》がって、ヒヤリとする剃刀《かみそり》を喉元《のどもと》へあてがっていたり、僕の眉間《みけん》から血がたらたらと流れていたり、不思議な麻酔薬が夜具の襟に塗りつけてあったり、そんな光景を実際に見たり感じたりして、卒倒しそうになったことがしばしばでした。そのくせ瑠璃子は僕に対して、腕力をもって抵抗することなどは一度もなかったのです。根性のねじくれた、邪慳《じゃけん》な女ではあるけれど、僕に折檻《せっかん》される時はまるで死人のようにぐたぐたに疲れ切って、唇に皮肉な微笑を浮かべながら、蹴《け》られ放題打《ぶ》たれ放題に身を投げ出しているのでした。しかしそう云う彼女の態度は、一層僕の心を狂暴にさせ残忍にさせずには措《お》かなかったのです。

彼女がじっと我慢をして、平気の平左《へいざ》で擲《なぐ》られている不敵な面《つら》つきを見れば見るほど、僕は一層恐怖に駆られました。たまたま彼女が例《れい》になく優しい態度を示したりすれば、僕は却《かえ》って警戒しました。彼女がすすめる一杯の酒、一杯の湯水さえも、迂闊《うかつ》に口へ入れようとはしませんでした。で、結局彼女に殺されるくらいなら、寧ろ此方《こっち》から進んで彼女を殺してしまった方が安全だとも思いました。僕が殺されるか彼女が殺されるか、いずれにしても二人の間に血腥《ちなまぐさ》い犯罪が醸《かも》されつつあることは、それは余りにも明らかな事実のように感ぜられました。

僕はこの秋の展覧会に、彼女をモデルにした裸体画を出品するつもりだったのですが、そんな工合で仕事は無論 捗《はかど》りませんでした。ちょうど先月の末あたりから二人は毎日喧嘩ばかりしていたので、僕はまるっきり筆を取る暇《ひま》はなかったのです。僕の病的な頭には更に仕事の不満足から来る自暴自棄が加わって、ますます僕の生活を絶望的なものにしてしまいました。そうして、この半月ばかりの間、僕の毎日の日課と云うものはただ瑠璃子を折檻し、愛溺《あいでき》し、崇拝し、哀願することを繰り返すばかりでした。一日のうちに、彼女に対する僕の感情は、猫の目のように変りました。彼女を力任せに擲ったかと思うと、次の瞬間にはいきなり彼女に武者振りついてさめざめと涙を流します。それでも彼女が聞き入れないと、再び打ったり蹴ったりします。そう云う騒ぎがあった後には、必ず彼女はプイと姿を晦《くら》まして、半日も一日も、どうかすると明くる朝まで、家《うち》を明けるのが常でした。僕はひとりぽつ然《ねん》と家の中に取り残されたまま、もう泣いたり怒ったりする元気もなく、痺《しび》れた頭を抱えながら、失心したように身を横たえて、うつらうつらと時の過ぎて行くのを見守っているばかりなのです。

ちょうど今から四、五日前にも、そう云う騒ぎが持ち上りました。尤《もっと》も、その時は又いつもよりは格別な大喧嘩で、僕はこのまま気違いになるならなれと云うような捨て鉢な料簡《りょうけん》で暴れ廻ったのです。喧嘩が始まったのは何でも夕方からでしたが、それが晩の九時頃までも続いて、僕は彼女を半死半生の目に会わせました。そうして彼女が髪を振り乱して、バッタリ縁側の板の間に打ッ倒れるのを尻目にかけながら、一目散に往来へ飛び出して、其処《そこ》ら じゅうを歩き廻りました。なぜ家を飛び出したかと云うと、今に必ず瑠璃子が飛び出すだろうと思ったので、それを見るのが嫌《いや》さに、自分の方から機先を制してやる積《つも》りだったのです。何処《どこ》をどう云う風に歩いて行ったのか、未《いま》だにハッキリとは覚えていませんが、上野の森の暗い中を抜けて、動物園のうしろから池《いけ》の端《はた》の方へ降りて行った時に、僕は漸《ようや》く我に復《かえ》ってホッと溜息《ためいき》をつきました。多分僕は熱した頭に冷たい空気の触れるのが快いので、知らず識《し》らず人通りの少ない、淋《さび》しい方角へ辿《たど》って行ったのでしょう。彼処《あすこ》から納涼博覧会の前を通り過ぎて、観月橋を上野の方へ渡って来た時分には、いくらか僕も正気付いて、自分が今どんな場合に立っているのかと云うことが、ぼんやり分るようになっていました。それと同時に、あまり乱暴をしたせいか、高い所から落されでもしたような工合に、体の節々の痛むのが感ぜられました。が、僕の意識は、まだ半分は夢を見ているように朦朧《もうろう》と曇っていて、頭の中には、何もかも嵐《あらし》で吹き飛ばされてしまったように、人間らしい感情は少しも残っていませんでした。たった今喧嘩をして非道《ひど》い目に会わせた女の姿が、折々遠い物音のようにチラチラと思い浮かべられはしたものの、その俤《おもかげ》をじっと見詰めても、別段恋しくも悲しくもありませんでした。そのうちに僕は、或る賑《にぎ》やかな、人がぞろぞろと沢山に通っている、灯影の明るい往来の方へ出て行きました。ハテ、己《おれ》は何処へ来たんだろうと思って見ると、其処は広小路《ひろこうじ》の電車通りで、夜店が一杯に並んで、涼み客の雑沓《ざっとう》している間を、右往左往に揉《も》まれながら、あてどもなく歩いているのでした。――多分あの晩は摩利支天《まりしてん》の縁日か、でなければ土曜日の晩か何かで、博覧会の見物人が大勢出歩いていたのでしょう。彼処はいつも賑やかな所ですけれど、しかしあの晩の人ごみは特別のように思われました。――何しろ僕の眼には、あの時のあの町の光景が非常に賑やかに映りました。その賑やかさは多少めまぐるしくはあるが、決して自分の脳髄を掻《か》き乱すようなものではなく、何か音楽のシンフォニーでも聞いているような、花やかな、そうして晴れ晴れとした美しい快感でした。僕は一体に人ごみの町を好かない方の性分なのですが、その晩に限って、神経が馬鹿になっているために、そんな感じを起したのでしょう。自分の左右に騒々しく動揺している種々雑多な通行人や、色彩や、音響や、光線などが、僕の頭に一つも明瞭《めいりよう》な印象を止《とど》めないで、ただ幻燈の絵のようにポウッと霞《かす》んで通り過ぎるのが、僕にそう云う滑らかな気分を抱かせたのに相違ありません。たとえば僕は、自分独《ひと》りが恐ろしく高い所にいて、下界の雑沓を瞰下《みおろ》しているような心持になっていたのです。子供の時分に、母親に叱《しか》られたり何かして泣きながら表を通っていると、涙のために往来がボンヤリと曇って、大変遠い景色に見えることがあるでしょう。あの晩の僕はちょうどそのような光景を見たのでした。

それから、――そうです、それから三十分ばかりも立った後でしょうか、僕は広小路の通りから次第に車坂の家の方へ引き返して来ましたが、勿論《もちろん》家へ帰ろうと云うハッキリとした意志があったのではなく、事に依ればそれから又浅草公園の方へ行く気があったのかも知れません。で、あの車坂の停留場の所から右へ曲って電車通りを五、六間《けん》も行くと、左側に柳湯《やなぎゆ》と云う湯屋があるのを、先生は御存じでしよう。僕はあの湯屋の前まで来た時に、風呂《ふろ》へ這入《はい》ろうと云う気になりました。断っておきますが、僕は以前から頭がモシャクシャした時は、湯へ這入る習慣になっていたのです。僕にとっては、精神の憂鬱《ゆううつ》と肉体の不潔とは全く一つの感覚でした。心が沈んでいる時は、体中に垢が溜《たま》って悪臭を放《はな》っているように感ぜられました。そうして、心の沈み方の激しい折は、いくら湯へ這入って洗っても洗っても、その垢と悪臭とが容易に落ちないような気がするのです。こう云うと何だか年中湯へばかり這入っている、潔癖な人間のように聞えますけれど、実は大概湯へ這入る元気がないほど沈滞しきっている時の方が多かったのです。長い間、精神の憂鬱に慣れきってしまった結果、肉体の不潔をも寧ろ楽しむような心持、――何とも云えないだらけた、不精《ぶしょう》な、溝泥《どぶどろ》のように濁った心持、――その心持に対して、僕は一種の懐《なつか》しみさえ感じていたくらいだったのです。が、その晩あたかも柳湯の前まで来た時に湯へ這入ったらば半月以来の暗澹《あんたん》たる気分が、一時なりとも少しは明るくなるだろうと、ふとそんな風に考えました。

僕は一体、湯屋にしても、床屋にしても、何処と云って極《き》まった所はありませんでした。いつでも往来を歩いていて、その気になれば見つけ次第に飛び込むのが癖でした。ですからその晩も、ちょうどポッケットに十銭銀貨があったのを幸い、ふらりと柳湯へ這入ったのだと思って下さい。ところで、中へ這入ってみると、僕が今まで一遍も来たことのない湯屋であることが分りました。いや、正直を云うと、僕はあの晩あすこを通りかかった際まで、あんな場所に湯屋のあることは、つい気が付かずにいたのでした。或は気が付いてはいたのかも知れないが、しかし全くその時まで忘れていました。ここでもう一つ断っておかなければならないのは、僕がさっき家を飛び出したのは九時時分で、それからもう何時間くらいたったか、少なくとも三時間は経過したろうと思われるのに、なんぼ夏の晩だとは云いながら、湯殿はまるで宵《よい》の口《くち》のようにゴタゴタとこみ合っているのです。非常に夥《おびただ》しい湯気が一面に濛々《もうもう》と籠《こも》っているので、風呂場の広さはハッキリとは分りませんでしたが、流しの板や桶《おけ》などがヒドクぬるぬるした、あまり清潔な湯屋ではありませんでした。尤《もっと》も大分夜更けのことで、多勢の人が這入った跡ですから、そんなに汚れていたのかも知れません。何にしても余り客がこんでいるために、小桶を一つ手に入れるのさえ、なかなか手間が懸《かか》ったほどでした。そうして、湯船の中の混雑と来たら、更に一層甚《はなは》だしく、芋《いも》を洗うようにぎっしりと詰まっている裸体の浴客の、肩と肩との隙間《すきま》を狙《ねら》いながら、何とかして割り込もうと待ち構えている連中が、僕の周囲に五、六人も並んで、湯船の縁に掴まっていました。僕は暫《しばら》くあっ、、け、、に取られて、貸《か》し手拭《てぬぐい》でざぶざぶと湯を掻《か》い出しては背中へ浴びせていましたが、そのうちにやっと真ん中の方に少しばかり空きができたのを見付け出して、そこへ無理やりに割り込みました。漬かっていると湯は生温《なまぬる》く、唾吐《つばき》のようにの、ろ、の、ろ、していて、垢じみた、臭《くさ》い匂《にお》いがぷーんと鼻を打つのでした。僕の前後にいる浴客の顔や肌は、ちょうどカリエールの絵を思い出させるようにぼうッと霞んで、何だか無数の幻影が其処に漂っているような感じを僕に起させました。今も云った通り、僕の割り込んだ場所はあたかも湯船の真ん中だったので、僕には濛々たる湯気より他には、殆《ほとん》ど何も見えませんでした。天井を見ても湯気、前を見ても湯気、右も左も湯気、そうして纔《わず》かに近所にいる五、六人の輪郭が、幽霊のようにボヤケて見えただけなんです。もしもあの場合、女湯と男湯と両方の湯殿に充《み》ち満ちているガヤガヤと云う人声や、それが水蒸気の立ち罩《こ》めた高い天井のドームに反響する擾音《じょうおん》や、ならびに僕の五体を包んでいる生暖かい湯の感覚や、それらの物がなかったら、僕は深山の谷間の霧の中に這入っているのと少しも変りはなかったでしょう。実際僕は、その時も広小路の人ごみをうろついていた時と同じように、妙に孤独な、しかも夢のように快い、不思議な気分に誘い込まれました。

此処《ここ》の風呂場が不潔であることは、湯船の中に漬かってみると、一層その感じを強くしました。湯船の縁も湯船の底も、そうして其処に湛《たた》えられている湯も、すべてがぬるぬると、口でしゃぶった物のようにどろついているのです。こう云うと、僕がいかにもそれを不愉快に感じたようですけれど、実はそれほどイヤな気持はしませんでした。ここで僕は、僕の異常な性癖の一端を白状しなければなりませんが、どう云う訳か僕は生来ぬらぬらした物質に触《さわ》られることが大好きなのです。たとえばあの蒟蒻《こんにゃく》ですね、僕は子供の時分から馬鹿に蒟蒻が好きでしたが、それは必ずしも味がうまいからではありませんでした。僕は蒟蒻を口へ入れないでも、ただ手で触ってみるだけでも、或は単にあのブルブルと顫《ふる》える工合《ぐあい》を眺めるだけでも、それが一つの快感だったのです。それから心太《ところてん》、水飴《みずあめ》、チューブ入りの煉歯磨《ねりはみがき》、蛇、水銀、蛞蝓《なめくじ》、とろろ、肥えた女の肉体、――それらはすべて、喰い物であろうが何であろうが、皆一様に僕の快感を挑発せずには措かなかったものです。僕が絵が好きになったのも、恐らくはそう云う物質に対する愛着の念が、次第に昂《こう》じて来た結果だろうと思います。僕の画《か》いた静物を見ればお分りになるだろうと思いますが、何でも溝泥《どぶどろ》のようにどろどろした物体や、飴のようにぬらぬらした物体を画くことだけが非常に上手で、そのために友達からヌラヌラ派と云う名称をさえ貰《もら》っているくらいなんです。で、ヌラヌラした物体に対する僕の触覚は特別に発達していて、里芋のヌラヌラ、水洟《みずっぱな》のヌラヌラ、腐ったバナナのヌラヌラ、そう云う物には、眼を潰《つぶ》って触ってみただけでも、すぐにそれを中《あ》てることができました。ですからその晩も、その薄穢《うすぎたな》いヌラヌラした湯に漬かって、ヌラヌラした湯船の底に足を触れていることが、寧《むし》ろ一種の快感を覚えさせたのです。そのうちにだんだん自分の体までが妙にぬらぬらして来て、僕の近所に漬かっている人たちの肌までも、みんなこの湯のようにぬらぬらと光っているらしく思われ、何だかちょいと触ってみたいような気になりました。すると、そう思ったとたんに、僕の足の裏は何か知らぬが生海苔《なまのり》のようにこってりとした、鰻《うなぎ》のようににょろにょろした、一層濃いヌラヌラの物体をぬるりと蹈《ふ》んづけたようでした。ちょうど古沼の中へ足を突っ込んで蛙《かえる》の死骸《しがい》を蹈んだような気持でした。そのぬらぬらを足の先で探《さぐ》ってみると、それがこう、海の藻《も》が絡みつくような塩梅《あんばい》に両方の脛《すね》へ粘り着いて来て、やがて今度は更に一層こってりとした、流動物の塊《かたまり》らしいものが、不意にくちゃりと足の甲を撫《な》でたのです。僕は最初、皮膚病患者の膏薬《こうやく》とか練薬とか云うようなものが、繃帯《ほうたい》と一緒に湯船の底に沈んで蕩《とろ》けているのだろうと思いましたが、暫くそうして探っているうちに、そんな小さな物ではないことが分って来ました。のみならず、その流動物を蹈んづけながら二た足三足歩いて行くと、ぬらぬらの度はますます濃くなって来て、遂にはゴムのようにもくもくした重たい物体がヌラリクラリと足の下に持ち上って来るのです。そのゴムに似た物体の表面は、一面に痰《たん》のような粘液に包まれていて、力まかせに蹈んづけようとしても、ツルリと滑ってしまいます。それでも構わずに蹈んづけていくと、もくもくとした物は一層高く膨れ上り、ところどころにぽくんと凹《へこ》んだ部分があって、それから又もくもくと持ち上り始め、何でも一間《いっけん》ぐらいな長さにうねうねとのたうちながら、湯水の底にどんより漂うているのです。あまり様子が変なので、僕は手でもってその物体を引き上げてみようと思いましたが、その一刹那《せつな》、突然、ある物凄い連想がふいと脳裡《のうり》を掠《かす》めたので、覚えず慄《ぞっ》然として手を引っ込めてしまいました。ひょっとしたら、僕の脛に絡み着いている藻のような物体は、女の髪の毛ではあるまいかと云う考えが、急にその時僕の胸に閃《ひら》めいたのです。……女の髪の毛？　そうです、それはたしかに長い女の髪の毛がもつれ合っているのです。そうして、あのゴムのようにもくもくとした重たい物は、人間の肉体に違いないのです。湯船の底には女の死体がただよっているのです。……

いや、そんな馬鹿なことがある訳はない。現にこの湯船の中には、自分以外にも多勢の人が漬かっているじゃないか。そうして皆平気な顔をしているじゃないか。と、考え直してみましたけれど、依然として脛《すね》にはぬらぬらした物が絡み着き、足の下にはもくもくした物がぷっくり膨れ上っています。僕の異常に鋭敏な触覚は、たとい足の裏においても、どうしてその物体の判断を誤まりましょう、――それが人間の、しかもある女の死骸であることは、最早《もはや》僕にとって一点の疑う余地もないのでした。それでも僕はもう一遍、念のために頭の方から爪先まで蹈《ふ》み直してみましたが、やはりそうに違いありません。首のように円い形をした物の次には、細長く凹んだ頸部《けいぶ》があり、その次には又高く高く、さながら丘のように持ち上っている胸板の先が、乳房になり、腹部になり、両脚になり、紛《まご》う方なき人間の形を備えているのです。僕は当然、自分は今夢を見ているのじゃないだろうかと思いました。夢でなければこんな不思議なことがある筈《はず》はない。自分は今何処《どこ》にいるのだろう、布団を被って寝ているのじゃないかしらん。そう考えて周囲を見廻《みまわ》すと、其処《そこ》には相変らず湯気が濛々《もうもう》と立《た》ち罩《こ》め、ガヤガヤと云う人声がうるさく聞えて、自分の前後には二、三の浴客の輪郭が、ボウッと霞んで幻のごとく浮かんでいます。そのもやもやした湯気の世界が、ぼんやりと淡くかすれている工合は、全く夢のようにしか思われませんでした。夢だ、夢だ、きっと夢に違いないんだと、僕は思いました。

いや、実を云うと多少は半信半疑だったのですが、僕は狡猾《こうかつ》にも、無理やりに夢にしてしまったのです。夢ならば覚めないでいてくれろ、もっと夢らしい不思議な光景を見せてくれろ、もっと面白い、もっと途方もない夢になってくれろ、そう云う風に僕は心に念じました。夢ならば覚めよと祈るのが人情ですけれど、僕の場合は反対でした。僕はそれほど夢と云うものに価値をおき、信頼を繋《つな》いでいる人間なんです。極端に云えば現実よりも夢を土台にして生活している男なんです。ですからそれが夢であったと悟ったからと云って、急に実感を失うようなことはありません。夢を見ることは、うまい物を食ったり、いい着物を着たりするのと同じような、或る現実の快楽なのです。

僕は、夢の面白さを貪《むさぼ》るような心持で、なおもその死骸を足でいじくり廻しました。が、不幸にもその面白さは決して長くは続きませんでした。なぜかと云うのに、僕はやがて、それを一場の夢だとするには余りに恐ろしい事実を発見したからです！　僕の足の裏の鋭敏なる触覚は、――ああ、何と云う呪《のろ》わしい、フェエタルな触覚でしょう！――啻《ただ》にそれが女の死体であることを感付いたばかりでなく、その女が誰であるかと云うことまでも、僕に教えずには措きませんでした！　あの昆布のようにぬらぬらと脛に巻き着いている髪の毛、――恐ろしく多量な、ふっさりとした、しかも風のようにふわふわした髪の毛は、彼女の物でなくて何でしょう？　僕が彼女を愛するようになったのも、最初は実にこの髪の毛のためだったのです。それを僕がどうして忘れることができるでしょう。そればかりか、あの綿のように軟弱な、蛇体《じゃたい》のように滑らかな全身の肉づき、――たとえばそれは葛湯《くずゆ》を塗りつけたように粘っこく光っている肌ざわり、――それが彼女の物でなくて何でしょう？　やがて僕の足の先には、鼻の恰好《かっこう》、額の形、眼のありどころ、唇の位置までが、見るがごとくにありありと感ぜられて来るのでした。そうです、何と云っても、いかに胡麻化《ごまか》そうとしても、それは瑠璃子に違いないのです。瑠璃子が此処《こ》に死んでいるのです。

その時僕には、この湯の不思議が一時に解決されました。僕はやっぱり夢を見ているのではなかったのです。僕は瑠璃子の幽霊に会っているのです。普通、幽霊と云うものは人間の視覚を脅かすものですが、それが僕の場合にあっては触覚を脅かしているのだ。僕は彼女の幽霊に触れているのだ、てっきりそうに違いないと思いました。僕はさっき、家を飛び出す時、彼女を半死半生の目に会わせました。僕はきっとあの時に誤まって彼女を殺してしまったのに相違ない。彼女は縁側にぐったりと倒れたきり起き上ろうともしなかったが、実はもうあの時に死んでいたのだ。

そうして今、この風呂場の中へ幽霊になって現れたのだ。幽霊でなければ客がこんでいるのに、誰も気が付かないと云う筈がない。僕はとうとう人殺しをした！　いつか一度はしなければならない犯罪が、とうとう今夜行われたのだ！――この考えが湧《わ》き上ると同時に、僕はぞっとして湯船の中を飛び出すや否や、体もロクロク洗わずに往来へ逃げ伸びました。外は依然として賑やかでした。涼みの客がいまだにぞろぞろとその辺を繋がり歩き、電車が幾台も幾台も威勢よく走っています。僕以外の世界には何らの変化もないことを証するかのように、――

僕の頭には、縁側にぐったりと倒れている瑠璃子の姿と、湯船の底に澱《よど》んでいたぬらぬらの死体の触感とが、一つに結び着いて焼き付けられていました。それから二、三時間の間、深夜の往来がひっそりと寝鎮まってしまう頃まで、僕がどんな惨《さん》憺《たん》たる気持を抱いてあてどもなく路上をうろうろとさ迷うていたか、それは委《くわ》しく説明するまでもなく、大概お分りになるだろうと思います。僕はとにかく、一旦《いったん》自分の住まいへ帰ってこの忌まわしい事件の真相をたしかめた上、いよいよ殺人罪を犯したと極《き》まったら、明日にも潔く自首して出ようと決心しました。僕以外の世界には何らの変化がないにもせよ、少なくとも瑠璃子だけはもうこの世に生きていないことを、僕は信ぜずにはいられませんでした。実際、その時の僕には、そう信じることが極めて自然だったのです。瑠璃子が生きているとしたら、湯船の底に沈んでいた死骸が彼女の幽霊でないとしたら、一層それは不自然になって来るんです。然《しか》るに、その晩おそく家へ帰ってみると、不思議にも瑠璃子はちゃんと生きていました。いつもならば、喧嘩の後で家を飛び出すのが彼女の癖ですのに、その晩はあんまりひどく擲《なぐ》られたので体を動かす気力すらなかったのでしょう。やはりさっきと同じように縁側に突っ伏して、正体もなく体を投げ出しながら、例の房々した髪の毛を振り乱したまま、――しかし立派に生きていたのです。実はそれさえも幽霊ではないかと思いましたが、その夜が明けて、朝になっても瑠璃子はちゃんと僕の傍に控えています。勿論僕は湯屋の事件を彼女にも誰にも話しませんでした。もしも世の中に生霊《いきりょう》と云うものがあるならば、昨夜のはきっと生霊に違いない。僕はそうも考えました。僕も随分今までに奇怪な幻覚を見るには見ましたが、ゆうべの死骸を、単なる幻覚だと極めてしまうのには余りに不思議過ぎたからです。全く僕以外に嘗《かつ》て一人でもあんな不思議な幻覚に出会った人があるでしょうか？

僕はそれから今夜まで、これでちょうど四晩つづけて、同じ時刻にあの柳湯へ行ってみました。ところがどうでしょう！　その死骸は毎晩あの湯船の底の真ん中あたりに、いつもぬらぬらと漂うていて僕の足の裏を舐《な》めるのです。そうして常に人がガヤガヤとこみ合っていて、流しには湯気が濛々と籠っています。それだけならばまだいいのですが、とうとう僕は我慢がし切れなくなって、今までは足の先だけで触っていたのに、今夜は一と思いに両手を死骸の脇《わき》の下に突っ込み、ぐうッと湯船の底から引き上げてみました。すると——やっぱり僕の想像は誤まってはいなかったのです。それは正《まさ》しく彼女の生霊だったのです。ぬるぬるとした水垢《みずあか》に光りながら、眼と口とをぽかんと開けて、濡れた髪の毛を荒布《あらめ》のように引き擦《ひず》って、湯の面へ浮かび出た死顔は、紛《まご》う方なき瑠璃子の俤《おもかげ》だったのです。……僕は慌てて再び死骸を湯船の底へ押しやりました。そうして、殆ど無我夢中で湯から上ると、大急ぎで着物を着換えて表へ逃げ伸びようとしました。その瞬間に、俄《にわ》かに湯殿の方が騒々しくなったかと思うと、それまで平気で体を洗っていた多勢の浴客が総立ちになって『人殺し、人殺し！』と叫び始めたようでした。『彼奴《あいつ》だ、彼奴だ、今洋服を着て出て行った奴だ』そう云う声も聞えました。僕は驚いて、横丁をいくつもいくつもぐるぐると曲って、ようよう此処まで一目散に駈《か》けて来たのです。

……

　僕の話はこれだけですが、僕は決して譃《うそ》を云うのではありません。僕はその死骸を、最初には夢だと思い、次には幽霊かと疑い、最後は生霊だと信じていましたのに、今夜多勢の連中が騒ぎ出したところを見ると、やっぱり生霊でも幽霊でもなく、ほんとうに彼女の死骸なのでしょうか。僕は皆が云うように『人殺し』をしたのでしょうか。そうだとすると、僕はいついかなる手段で彼女を殺したのでしょう。僕は夢遊病者のように、自分で知らない間にそんな大罪を犯してしまったのでしょうか。それにしても彼女の死骸が、湯船の底に沈んでいるのはどう云う訳でしょう。その死骸は、この間から彼処《あそこ》にあったのに、どうしてそれが今夜まで、外《ほか》の人には分らなかったのでしょう。それともこの間から今夜までの出来事は、悉《ことごと》く僕の幻覚に過ぎないのでしょうか。僕は立派な気違いなのでしょうか。――先生、どうぞこの不思議な事実を僕のために説明して下さい。僕が罪人であった場合にも、僕の申立てが偽りでないことを、裁判官に証明して下さい。僕は今夜湯屋から飛び出した瞬間に、先生ならばきっと僕の不思議な立場を諒解《りょうかい》して下さるだろうと、ふいと考えついたので、こうして突然お願いに上った訳なんです」

その青年の告白はこれで終ったのである。S博士はそれを聞き取ると、とにかく青年を連れて柳湯へ行ってみなければ真相が分らないと云うことを答えた。が、そんな面倒をみるまでもなく、やがて青年の行くえを探索していた数人の警官がどやどやと事務所へ追跡して来て、直《ただ》ちに彼を引き立てて行った。警官が博士に語ったところによると、その青年はその晩柳湯の湯船の中で、不意に一人の男の急所を摑《つか》んで死に到らしめたのだそうである。殺された男は、あッと云う間に声をも立てず絶息して、湯船の底に沈んで行った。その死に方があまりあっけなかったのと、湯殿が非常に混雑して湯気が籠っていたのとで、人々は暫くそれに気が付かなかった。そうして青年が死骸を引き擦り上げた時に、一人の浴客が眼を付けて、それから追い追いに騒ぎ出したのだそうである。

青年の情婦の瑠璃子は、勿論殺されてはいなかった。彼女はその後証人として法廷へ呼び出されたが、その事件の弁護に任じたS博士から私が聞いたところでは、法廷における彼女の陳述は、青年が奇怪な狂人であることを証明するに十分な根拠となった。

即《すなわ》ち、彼女は青年の平素の行動に就いて次のように語った。

「私があの人を嫌ったのは、決してあの人に働きがないからではなく、そうかと云って外《ほか》に男ができたからでもありません。実は年々に激しくなるあの人の狂気が恐ろしかったのです。あの人はこの頃、私に対して無理な奇態な要求ばかりをしましたの。そうして、ありもしないことを事実に見たと云って私を困らせ、虐待し、折檻《せっかん》しました。その折檻の仕方が又非常に妙でした。たとえば私を圧《お》さえつけておいて、ゴムのスポンジへシャボンをとっぷりと含ませて、それで私の目鼻の上をぬるぬると擦《こす》ったり、体中へどろどろした布海苔《ふのり》を打《ぶ》っかけて足蹴《あしげ》にしたり、鼻の孔へ油絵具をべっとりと押し込んだり、始終そんな馬鹿げた真似をしては私をいじめました。私がじっと大人《おとな》しく玩具《おもちゃ》にされていると機嫌がいいのですけれど、もし少しでも嫌がったり何かすれば忽《たちま》ち腹を立てて乱暴を働きました。そんなこんなで、私はあの人と一緒にいるのが厭《いや》で厭でたまりませんでした」——

彼女は青年が考えていたほど淫奔《いんぽん》な、多情な女ではないらしかった。S博士の観察では寧《むし》ろ少しくお人好しの、ぐずで正直な女らしいと云うことであった。

青年は間もなく、監獄へ入れられる代りに瘋癲《ふうてん》病院へ収容された。

途上

東京T・M株式会社員法学士湯河《ゆがわ》勝太郎が、十二月も押し詰まった或《あ》る日の夕暮の五時頃に、金杉橋の電車通りを新橋の方へぶらぶら散歩している時であった。

「もし、もし、失礼ですがあなたは湯河さんじゃございませんか」

ちょうど彼が橋を半分以上渡った時分に、こう云って後ろから声をかけた者があった。湯河は振り返った、――すると其処《そこ》に、彼には嘗《かつ》て面識のない、しかし風《ふう》采《さい》の立派な一人の紳士が慇懃《いんぎん》に山高帽を取って礼をしながら、彼の前へ進んで来たのである。

「そうです、私《わたくし》は湯河ですが、………」

湯河はちょっと、その持ち前の好人物らしい狼狽《うろた》え方で小さな眼をパチパチやらせた。そうしてさながら彼の会社の重役に対する時のごとくおどおどした態度で云った。なぜなら、その紳士は全く会社の重役に似た堂々たる人柄だったので、彼は一と目見た瞬間に、「往来で物を云いかける無礼な奴《やつ》」と云う感情を忽《たちま》ち何処《どこ》へか引っ込めてしまって、我知らず月給取りの根性をサラケ出したのである。紳士は猟虎《らっこ》の襟の付いた、西班牙《スペイン》犬の毛のように房々した黒い玉羅紗《たまらしゃ》の外套《がいとう》を纏《まと》って、

(外套の下には大方モーニングを着ているのだろうと推定される)縞《しま》のズボンを穿《は》いて、象牙《ぞうげ》のノッブのあるステッキを衝《つ》いた、色の白い、四十恰好《かっこう》の太った男だった。

「いや、突然こんな所でお呼び止めして失礼だとは存じましたが、わたくしは実はこう云う者で、あなたの友人の渡辺法学士――あの方の紹介状を戴いて、たった今会社の方へお尋ねしたところでした」

紳士はこう云って二枚の名刺を渡した。湯河はそれを受け取って街燈の明りの下へ出して見た。一枚の方は紛《まぎ》れもなく彼の親友渡辺の名刺である。名刺の上には渡辺の手でこんな文句が認《したた》めてある、――「友人安藤一郎氏を御紹介する右は小生《しょうせい》の同県人にて小生とは年来親しくしている人なり君の会社に勤めつつある某社員の身元に就《つ》いて調べたい事項があるそうだから御面会の上宜敷《よろしく》御取計いを乞う」――もう一枚の名刺を見ると、「私立探偵安藤一郎　事務所　日本橋区蠣殻町《かきがらちょう》三丁目四番地　電話浪花《なにわ》五〇一〇番」と記してある。

「ではあなたは、安藤さんとおっしゃるので、――」

湯河は其処に立って、改めて紳士の様子をじろじろ眺めた。「私立探偵」――日本には珍しいこの職業が、東京にも五、六軒できたことは知っていたけれど、実際に会うのは今日が始めてである。それにしても日本の私立探偵は西洋のよりも風采が立派なようだ、と、彼は思った。湯河は活動写真が好きだったので、西洋のそれにはたびたびフイルムでお目に懸《かか》っていたから。

「そうです、わたくしが安藤です。で、その名刺に書いてありますような要件に就いて、幸いあなたが会社の人事課の方に勤めておいでのことを伺ったものですから、それで只今《ただいま》会社へお尋ねして御面会を願った訳なのです。いかがでしょう、御多忙のところを甚《はなは》だ恐縮ですが、少しお暇を割《さ》いて下さる訳には参りますまいか」

紳士は、彼の職業にふさわしい、力のある、メタリックな声でテキパキと語った。

「なに、もう暇なんですから僕の方はいつでも差支《さしつか》えはありません、………」

と、湯河は探偵と聞いてから「わたくし」を「僕」に取り換えて話した。

「僕で分ることなら、御希望に従って何なりとお答えしましょう。しかしその御用件は非常にお急ぎのことでしょうか、もしお急ぎでなかったら明日では如何《いかが》でしょうか？　今日でも差支えはない訳ですが、こうして往来で話をするのも変ですから、――」

「いや、御尤《ごもっと》もですが明日からは会社の方もお休みでしょうし、わざわざお宅へお伺いするほどの要件でもないのですから、御迷惑でも少しこの辺を散歩しながら話して戴きましょう。それにあなたは、いつもこうやって散歩なさるのがお好きじゃありませんか。ははは」

と云って、紳士は軽く笑った。それは政治家気取りの男などがよく使う豪快な笑い方だった。

湯河は明らかに困った顔つきをした。と云うのは、彼のポケットには今しがた会社から貰《もら》って来た月給と年末賞与とが忍ばせてあった。その金は彼としては少なからぬ額だったので、彼は私《ひそ》かに今夜の自分自身を幸福に感じていた。これから銀座へでも行って、この間からせびられていた妻の手套《てぶくろ》と肩掛とを買って、――あのハイカラな彼女の顔に似合うようなどっしりした毛皮の奴を買って、――そうして早く家《うち》へ帰って彼女を喜ばせてやろう、――そんなことを思いながら歩いている矢先だったのである。彼はこの安藤と云う見ず知らずの人間のために、突然楽しい空想を破られたばかりでなく、今夜の折角《せっかく》の幸福にひびを入れられたような気がした。それはいいとしても、人が散歩好きのことを知っていて、会社から追《お》っ駈《か》けて来るなんて、何ぼ探偵でも厭《いや》な奴だ、どうしてこの男は己《おれ》の顔を知っていたんだろう、そう考えると不愉快だった。おまけに彼は腹も減っていた。

「どうでしょう、お手間は取らせない積りですが少し付き合って戴けますまいか。

私の方は、或る個人の身元に就いて立ち入ったことをお伺いしたいのですから、却《かえ》って会社でお目に懸るよりも往来の方が都合がいいのです」

「そうですか、じゃとにかく御一緒に其処まで行きましょう」

湯河は仕方なしに紳士と並んで又新橋の方へ歩き出した。紳士の云うところにも理窟《りくつ》はあるし、それに、明日になって探偵の名刺を持って家へ尋ねて来られるのも迷惑だと云うことに、気が付いたからである。

歩き出すとすぐに、紳士——探偵はポッケットから葉巻を出して吸い始めた。が、ものの一町《いっちょう》も行く間、彼はそうして葉巻を吸っているばかりだった。湯河が馬鹿にされたような気持でイライラして来たことは云うまでもない。

「で、その御用件と云うのを伺いましょう。僕の方の社員の身元とおっしゃると誰のことでしょうか。僕で分ることなら何でもお答えする積りですが、——」

「無論あなたならお分りになるだろうと思います」

紳士はまた二、三分黙って葉巻を吸った。

「多分何でしょうな、その男が結婚するとでも云うので身元をお調べになるのでしょうな」

「ええそうなんです、御推察の通りです」

「僕は人事課にいるので、よくそんなのがやって来ますよ。一体誰ですかその男は？」

湯河はせめてそのことに興味を感じようとするらしく好奇心を誘いながら云った。

「さあ、誰と云って、——そうおっしゃられるとちょっと申しにくい訳ですが、その人と云うのは実はあなたですよ。あなたの身元調べを頼まれているんですよ。こんなことは人から間接に聞くよりも、直接あなたに打《ぶ》つかった方が早いと思ったもんですから、それでお尋ねするのですがね」

「僕はしかし、——あなたは御存知ないかも知れませんが、もう結婚した男ですよ。何かお間違いじゃないでしょうか」

「いや、間違いじゃありません。あなたに奥様がおあんなさることは私も知っています。けれどもあなたは、まだ法律上結婚の手続きを済ましてはいらっしゃらないでしょう。そうして近いうちに、できるなら一日も早く、その手続きを済ましたいと考えていらっしゃることも事実でしょう」

「ああそうですか、分りました。するとあなたは僕の家内《かない》の実家の方から、身元調べを頼まれた訳なんですね」

「誰に頼まれたかと云うことは、私の職責上申し上げにくいのです。あなたにも大《おお》凡《よそ》お心当りがおありでしょうから、どうかその点は見逃して戴きとうございます」

「ええよござんすとも、そんなことはちっとも構いません。僕自身のことなら何でも僕に聞いて下さい。間接に調べられるよりはその方が僕も気持がよござんすから。――僕はあなたが、そう云う方法を取って下すったことを感謝します」

「はは、感謝して戴いては痛み入りますな。――僕はいつでも（と、紳士も「僕」を使い出しながら）結婚の身元調べなんぞにはこの方法を取っているんです。相手が相当の人格のあり地位のある場合には、実際直接に打《ぶ》つかった方が間違いがないんです。それにどうしても本人に聞かなけりゃ分らない問題もありますからな」

「そうですよ、そうですとも！」

と、湯河は嬉《うれ》しそうに賛成した。彼はいつの間にか機嫌を直していたのである。

「のみならず、僕はあなたの結婚問題には少なからず同情を寄せております」

紳士は、湯河の嬉しそうな顔をチラと見て、笑いながら言葉を続けた。

「あなたの方へ奥様の籍をお入れなさるのには、奥様と奥様の御実家とが一日も早く和解なさらなけりゃいけませんな。でなければ奥様が二十五歳におなりになるまで、もう三、四年待たなけりゃなりません。しかし、和解なさるには奥様よりも実はあなたを先方へ理解させることが必要なのです。それが何よりも肝心なのです。で、僕もできるだけ御尽力はしますが、あなたもまあそのためと思って、僕の質問に腹蔵なく答えて戴きましょう」

「ええ、そりゃよく分っています。ですから何卒《どうぞ》御遠慮なく、――」

「そこでと、――あなたは渡辺君と同期に御在学だったそうですから、大学をお出になったのはたしか大正二年になりますな？――先《ま》ずこのことからお尋ねしましょう」

「そうです、大正二年の卒業です。そうして卒業するとすぐに今のT・M会社へ這入《はい》ったのです」

「さよう、卒業なさるとすぐ、今のT・M会社へお這入りになった。――それは承知していますが、あなたがあの先《せん》の奥様と御結婚なすったのは、あれはいつでしたかな。あれは何でも、会社へお這入りになると同時だったように思いますが――」

「ええそうですよ、会社へ這入ったのが九月でしてね、明くる月の十月に結婚しました」

「大正二年の十月と、――（そう云いながら紳士は右の手を指折り数えて、）するとちょうど満五年半ばかり御同棲なすった訳ですね。先の奥様がチブスでお亡くなりになったのは、大正八年の四月だった筈《はず》ですから」

「ええ」

と云ったが、湯河は不思議な気がした。「この男は己を間接には調べないと云っておきながら、いろいろのことを調べている」――で、彼は再び不愉快な顔つきになった。

「あなたは先の奥さんを大そう愛していらしったそうですね」

「ええ愛していました。――しかし、それだからと云って今度の妻を同じ程度に愛しないと云う訳じゃありません。亡くなった当座は勿論《もちろん》未練もありましたけれど、その未練は幸いにして癒《い》やしがたいものではなかったのです。今度の妻がそれを癒やしてくれたのです。だから僕はその点から云っても、ぜひとも久満子《くまこ》と、――久満子と云うのは今の妻の名前です。お断りするまでもなくあなたは疾《と》うに御承知のことと思いますが、――正式に結婚しなければならない義務を感じております」

「イヤ御尤《ごもっと》もで」

と、紳士は彼の熱心な口調を軽く受け流しながら、

「僕は先の奥さんのお名前も知っております、筆子さんとおっしゃるのでしょう。——それからまた、筆子さんが大変病身なお方で、チブスでお亡くなりになる前にも、たびたびお患《わずら》いなすったことを承知しております」

「驚きましたな、どうも。さすが御職掌柄で何もかも御存知ですな。そんなに知っていらっしゃるならもうお調べになるところはなさそうですよ」

「あははははは、そうおっしゃられると恐縮です。何分これで飯を食っているんですから、まあそんなにイジメないで下さい。——で、あの筆子さんの御病身のことに就いてですが、あの方はチブスをおやりになる前に一度パラチブスをおやりになりましたね、………こうッと、それはたしか大正六年の秋、十月頃でした。かなり重いパラチブスで、なかなか熱が下らなかったので、あなたが非常に御心配なすったと云うことを聞いております。それからその明くる年、大正七年になって、正月に風を引いて五、六日寝ていらしったことがあるでしょう」

「ああそうそう、そんなこともありましたっけ」

「その次には又、七月に一度と、八月に二度と、夏のうちは誰にでもありがちな腹下しをなさいましたな。この三度の腹下しのうちで、二度は極《ご》く軽微なものでしたからお休みになるほどではなかったようですが、一度は少し重くって一日二日伏せっていらしった。すると、今度は秋になって例の流行性感冒がはやり出して来て、筆子さんはそれに二度もお罹《かか》りになった。即《すなわ》ち十月に一遍《いっぺん》軽いのをやって、二度目は明くる年の大正八年の正月のことでしたろう。その時は肺炎を併発して危篤な御容態だったと聞いております。その肺炎がやっとのことで全快すると、二た月も立たないうちにチブスでお亡くなりになったのです。――そうでしょうな？　僕の云うことに多分間違いはありますまいな？」

「ええ」

と云ったきり湯河は下を向いて何かしら考え始めた、――二人はもう新橋を渡って歳晩《さいばん》の銀座通りを歩いていたのである。

「全く先の奥さんはお気の毒でした。亡くなられる前後半年ばかりと云うものは、死ぬような大患いを二度もなすったばかりでなく、その間に又胆《きも》を冷やすような危険な目にもチョイチョイお会いでしたからな。――あの、窒息事件があったのはいつ頃でしたろうか？」

そう云っても湯河が黙っているので、紳士は独りで頷《うなず》きながらしゃべり続けた。

「あれはこうッと、奥さんの肺炎がすっかりよくなって、二、三日うちに床上《とこあ》げをなさろうと云う時分、――病室の瓦斯《ガス》ストオブから間違いが起ったのだから何でも寒い時分ですな、二月の末のことでしたろうかな、瓦斯の栓が弛《ゆる》んでいたので、夜中に奥さんがもう少しで窒息なさろうとしたのは。しかし好い塩梅《あんばい》に大事に至らなかったものの、あのために奥さんの床上げが二、三日延びたことは事実ですな。――そうです、そうです、それからまだこんなこともあったじゃありませんか、奥さんが乗合自動車で新橋から須田町へおいでになる途中で、その自動車が電車と衝突して、すんでのことで……」

「ちょっと、ちょっとお待ち下さい。僕はさっきからあなたの探偵眼には少なからず敬服していますが、一体何の必要があって、いかなる方法でそんなことをお調べになったのでしょう」

「いや、別に必要があった訳じゃないんですがね、僕はどうも探偵癖があり過ぎるもんだから、つい余計なことまで調べ上げて人を驚かしてみたくなるんですよ。自分でも悪い癖だと思っていますが、なかなか止められないんです。今じきに本題へ這入りますから、まあもう少し辛抱して聞いて下さい。――で、あの時奥さんは、自動車の窓が壊れたので、ガラスの破片で額《ひたい》へ怪我《けが》をなさいましたね」

「そうです。しかし筆子は割りに呑気《のんき》な女でしたから、そんなにビックリしてもいませんでしたよ。それに、怪我と云ってもほんの擦《かす》り傷《きず》でしたから」

「ですが、あの衝突事件に就《つ》いては、僕が思うのにあなたも多少責任がある訳です」

「なぜ?」

「なぜと云って、奥さんが乗合自動車へお乗りになったのは、あなたが電車へ乗るな、乗合自動車で行けとお云いつけになったからでしょう」

「そりゃ云いつけました——かも知れません。僕はそんな細々《こまごま》したことまでハッキリ覚えてはいませんが、なるほどそう云いつけたようにも思います。そう、そう、たしかにそう云ったでしょう。それはこう云う訳だったんです、何しろ筆子は二度も流行性感冒をやった後でしたろう、そうしてその時分、人ごみの電車に乗るのは最も感冒に感染し易《やす》いと云うことが、新聞なぞに出ている時分でしたろう、だから僕の考えでは、電車より乗合自動車の方が危険が少ないと思ったんです。それで決して電車へは乗るなと、固く云いつけた訳なんです、まさか筆子の乗った自動車が、運悪く衝突しようとは思いませんからね。僕に責任なんかある筈はありませんよ。筆子だってそんなことは思いもしなかったし、僕の忠告を感謝しているくらいでした」

「勿論筆子さんは常にあなたの親切を感謝しておいででした、亡くなられる最後まで感謝しておいででした。けれども僕は、あの自動車事件だけはあなたに責任があると思いますね。そりゃあなたは奥さんの御病気のためを考えてそうしろとおっしゃったでしょう。それはきっとそうに違いありません。にも拘《かかわ》らず、僕はやはりあなたに責任があると思いますね」

「なぜ？」

「お分りにならなければ説明しましょう、——あなたは今、まさかあの自動車が衝突しようとは思わなかったとおっしゃったようです。しかし奥様が自動車へお乗りになったのはあの日一日だけではありませんな。あの時分、奥さんは大患いをなすった後で、まだ医者に見て貰《もら》う必要があって、一日おきに芝口《しばぐち》のお宅から万世橋《まんせいばし》の病院まで通っていらしった。それも一と月くらい通わなければならないことは最初から分っていた。そうしてその間はいつも乗合自動車へお乗りになった。衝突事故があったのはつまりその期間の出来事です。よござんすかね。ところでもう一つ注意すべきことは、あの時分はちょうど乗合自動車が始まり立てで、衝突事故がしばしばあったのです。衝突しやしないかと云う心配は、少し神経質の人にはかなりあったのです。——ちょっとお断り申しておきますが、あなたは神経質の人です、——そのあなたがあなたの最愛の奥さんを、あれほどたびたびあの自動車へお乗せになると云うことは少なくとも、あなたに似合わない不注意じゃないでしょうか。一日おきに一と月の間あれで往復するとなれば、その人は三十回衝突の危険に曝《さら》されることになります」

「あはははは、其処《そこ》へ気が付かれるとはあなたも僕に劣らない神経質ですな。なるほど、そうおっしゃられると、僕はあの時分のことをだんだん思い出して来ましたが、僕もあの時満更《まんざら》それに気が付かなくはなかったのです。けれども僕はこう考えたのです。自動車における衝突の危険と、電車における感冒伝染の危険と、孰方《どっち》がプロバビリティーが多いか。それから又、仮りに危険のプロバビリティーが両方同じだとして、孰方が余計生命に危険であるか。この問題を考えてみて、結局乗合自動車の方がより安全だと思ったのです。なぜかと云うと、今あなたのおっしゃった通り月に三十回往復するとして、もし電車に乗ればその三十台の電車の孰《いず》れにも、必ず感冒の黴菌《ばいきん》がいると思わなければなりません。あの時分は流行の絶頂期でしたから、そうみるのが至当だったのです。既に黴菌がいるとなれば、其処で感染するのは偶然ではありません。然《しか》るに自動車の事故の方はこれは全く偶然の禍《わざわい》です。無論どの自動車にも衝突のポシビリティーはありますが、しかし始めから禍因《かいん》が歴然と存在している場合とは違いますからな。次にはこう云うことも私には云われます。

筆子は二度も流行性感冒に罹っています、これは彼女が普通の人よりもそれに罹り易い体質を持っている証拠です。だから電車へ乗れば、彼女は多勢の乗客の内でも危険を受けるべく択《えら》ばれた一人とならなければなりません。自動車の場合には乗客の感ずる危険は平等です。のみならず僕は危険の程度に就いてもこう考えました、彼女がもし、三度目に流行性感冒に罹ったとしたら、必ず又肺炎を起すに違いないし、そうなると今度こそ助からないだろう。一度肺炎をやったものは再び肺炎に罹り易いと云うことを聞いてもいましたし、おまけに彼女は病後の衰弱から十分恢復《かいふく》しきらずにいた時ですから、僕のこの心配は杞憂《きゆう》ではなかったのです。ところが衝突の方は、衝突したから死ぬと極《き》まってやしませんからな。よくよく不運な場合でなけりゃ大怪我をすると云うこともないし、大怪我がもとで命を取られるようなことはめったにありゃしませんからな。そうして僕のこの考えはやはり間違ってはいなかったのです。御覧なさい、筆子は往復三十回の間に一度衝突に会いましたけれど、僅《わず》かに擦り傷だけで済んだじゃありませんか」

「なるほど、あなたのおっしゃることは唯《ただ》それだけ伺っていれば理窟が通っています。何処《どこ》にも切り込む隙《すき》がないように聞えます。が、あなたが只今おっしゃらなかった部分のうちに、実は見逃してはならないことがあるのです。と云うのは、今のその電車と自動車との危険の可能率の問題ですな、自動車の方が電車よりも危険の率が少ない、また危険があってもその程度が軽い、そうして乗客が平等にその危険性を負担する、これがあなたの御意見だったようですが、少なくともあなたの奥様の場合には、自動車に乗っても電車と同じく危険に対して択ばれた一人であったと、僕は思うのです。決して外《ほか》の乗客と平等に危険に曝《さら》されてはいなかった筈です。つまり、自動車が衝突した場合に、あなたの奥様は誰よりも先に、かつ恐らくは誰よりも重い負傷を受けるべき運命の下に置かれていらしった。このことをあなたは見逃してはなりません」

「どうしてそう云うことになるでしょう？　僕には分りかねますがね」

「ははあ、お分りにならない？　どうも不思議ですな。——しかしあなたは、あの時分筆子さんにこう云うことをおっしゃいましたな、乗合自動車へ乗る時はいつもなるべく一番前の方へ乗れ、それが最も安全な方法だと——」

「そうです、その安全と云う意味はこうだったのです、——」

「いや、お待ちなさい、あなたの安全と云う意味はこうだったでしょう、——自動車の中にだってやはりいくらか感冒の黴菌がいる。で、それを吸わないようにするには、なるべく風上《かざかみ》の方にいるがいいと云う理窟でしょう。すると乗合自動車だって、電車ほど人がこんではいないにしても、感冒伝染の危険が絶無ではない訳ですな。あなたはさっきこの事実を忘れておいでのようでしたな。それからあなたは今の理窟に付け加えて、乗合自動車は前の方へ乗る方が震動が少ない、奥さんはまだ病後の疲労が脱《ぬ》けきらないのだから、なるべく体を震動させない方がいい。――この二つの理由をもって、あなたは奥さんに前へ乗ることをお勧めなすったのです。勧めたと云うよりは寧《むし》ろ厳しくお云いつけになったのです。奥さんはあんな正直な方で、あなたの親切を無にしては悪いと考えていらしったから、できるだけ命令通りになさろうと心がけておいででした。そこで、あなたのお言葉は着々と実行されていました」

「…………」

「よござんすかね、あなたは乗合自動車の場合における感冒伝染の危険と云うものを、最初は勘定に入れていらっしゃらなかった。いらっしゃらなかったにも拘らず、それを口実にして前の方へお乗せになった、――ここに一つの矛盾があります。そうしてもう一つの矛盾は、最初勘定に入れておいた衝突の危険の方は、その時になって全く閑却されてしまったことです。乗合自動車の一番前の方へ乗る、――衝突の場合を考えたら、このくらい危険なことはないでしょう、其処に席を占めた人は、その危険に対して結局択ばれた一人になる訳です。だから御覧なさい、あの時怪我をしたのは奥様だけだったじゃありませんか、あんな、ほんのちょっとした衝突でも、外のお客は無事だったのに奥様だけは擦り傷をなすった。あれがもっとひどい衝突だったら、外のお客が擦り傷をして奥様だけが重傷を負います。更にひどかった場合には、外のお客が重傷を負って奥様だけが命を取られます。――衝突と云うことは、おっしゃるまでもなく偶然に違いありません。しかしその偶然が起った場合に、怪我をすると云うことは、奥様の場合には偶然でなく必然です」

二人は京橋を渡った、が、紳士も湯河も、自分たちが今何処を歩いているかをまるで忘れてしまったかのように、一人は熱心に語りつつ一人は黙って耳を傾けつつ真直ぐに歩いて行った。――

「ですからあなたは、或る一定の偶然の危険の中へ奥様を置き、そうしてその偶然の範囲内での必然の危険の中へ、更に奥様を追い込んだと云う結果になります。これは単純な偶然の危険とは意味が違います。そうなると果して電車より安全かどうか分らなくなります。第一、あの時分の奥様は二度目の流行性感冒から直ったばかりの時だったのです、従ってその病気に対する免疫性を持っておられたと考えるのが至当ではないでしょうか。僕に云わせれば、あの時の奥様には絶対に伝染の危険はなかったのでした。択ばれた一人であっても、それは安全な方へ択ばれていたのでした。一度肺炎に罹ったものがもう一度罹り易いと云うことは、或る期間をおいての話です」

「しかしですね、その免疫性と云うことも僕は知らないじゃなかったんですが、何しろ十月に一度罹って又正月にやったんでしょう。すると免疫性もあまりアテにならないと思ったもんですから、……」

「十月と正月との間には二た月の期間があります。ところがあの時の奥様はまだ完全に直り切らないで咳《せき》をしていらしったのです。人から移されるよりは人に移す方の側だったのです」

「それからですね、今お話の衝突の危険と云うこともですね、既に衝突その物が非常に偶然な場合なんですから、その範囲内での必然と云ってみたところが、極く極《ご》く稀《まれ》なことじゃないでしょうか。偶然の中の必然と単純な必然とはやはり意味が違いますよ。況《いわ》んやその必然なるものが、必然怪我をすると云うだけのことで、必然命を取られると云うことにはならないのですからね」

「けれども、偶然ひどい衝突があった場合には必然命を取られると云うことは云えましょうな」

「ええ云えるでしょう、ですがそんな論理的遊戯をやったってつまらないじゃありませんか」

「あははは、論理的遊戯ですか、僕はこれが好きだもんですから、ウッカリ図に乗って深入りをし過ぎたんです、イヤ失礼しました。もうじき本題に這入《はい》りますよ。――で、這入る前に、今の論理的遊戯の方を片付けてしまいましょう。あなたただって、僕をお笑いなさるけれど実はなかなか論理がお好きのようでもあるし、この方面では或《あるい》は僕の先輩かも知れないくらいだから、満更興味のないことではなかろうと思うんです。そこで、今の偶然と必然の研究ですな、あれを或る一個の人間の心理と結び付ける時に、ここに新たなる問題が生じる、論理が最早《もはや》単純な論理でなくなって来ると云うことに、あなたはお気付きにならないでしょうか」

「さあ、大分むずかしくなって来ましたな」

「なにむずかしくも何ともありません。或る人間の心理と云ったのはつまり犯罪心理を云うのです。或る人が或る人を間接な方法で誰にも知らせずに殺そうとする。――殺すと云う言葉が穏当でないなら、死に至らしめようとしている。そうしてそのために、その人をなるべく多くの危険へ露出させる。その場合に、その人は自分の意図を悟らせないためにも、又相手の人を其処《そこ》へ知らず識《し》らず導くためにも、偶然の危険を択ぶよりほか仕方がありません。しかしその偶然の中に、ちょいとは目に付かない或る必然が含まれているとすれば、なおさらお誂《あつら》え向きだと云う訳です。で、あなたが奥さんを乗合自動車へお乗せになったことは、たまたまその場合と外形において一致してはいないでしょうか？　僕は『外形において』と云います、どうか感情を害しないで下さい。無論あなたにそんな意図があったとは云いませんが、あなたにしてもそう云う人間の心理はお分りになるでしょうな」

「あなたは御職掌柄妙なことをお考えになりますね。外形において一致しているかどうか、あなたの御判断にお任せするより仕方がありませんが、しかしたった一と月の間、三十回自動車で往復させただけで、その間に人の命が奪えると思っている人間があったら、それは馬鹿か気違いでしょう。そんな頼《たよ》りにならない偶然を頼りにする奴もないでしょう」

「そうです、たった三十回自動車へ乗せただけなら、その偶然が命中する機会は少ないと云えます。けれどもいろいろな方面からいろいろな危険を捜《さが》し出して来て、その人の上へ偶然を幾つも幾つも積み重ねる、――そうするとつまり、命中率が幾層倍にも殖《ふ》えて来る訳です。無数の偶然的危険が寄り集って一個の焦点を作っている中へ、その人を引き入れるようにする。そうなった場合には、もうその人の蒙《こうむ》る危険は偶然でなく、必然になって来るのです」

「――とおっしゃると、たとえばどう云う風《ふう》にするのでしょう？」

「たとえばですね、ここに一人の男があってその妻を殺そう、――死に至らしめようと考えている。然《しか》るにその妻は生れつき心臓が弱い。――この心臓が弱いと云う事実の中には、既に偶然的危険の種子《たね》が含まれています。で、その危険を増大させるために、ますます心臓を悪くするような条件を彼女に与える。たとえばその男は妻に飲酒の習慣を付けさせようと思って、酒を飲むことをすすめました。最初は葡萄酒《ぶどうしゅ》を寝しなに一杯ずつ飲むことをすすめる、その一杯をだんだんに殖やして食後には必ず飲むようにさせる、こうして次第にアルコールの味を覚えさせました。しかし彼女はもともと酒を嗜《たしな》む傾向のない女だったので、夫が望むほどの酒飲みにはなれませんでした。そこで夫は、第二の手段として煙草《たばこ》をすすめました。『女だってそのくらいな楽しみがなけりゃ仕様がない』そう云って、舶来《はくらい》のいい香《にお》いのする煙草を買って来ては彼女に吸わせました。ところがこの計画は立派に成功して、一と月ほどのうちに、彼女はほんとうの喫煙家になってしまったのです。もう止《よ》そうと思っても止せなくなってしまったのです。次に夫は、心臓の弱い者には冷水浴が有害であることを聞き込んで来て、それを彼女にやらせました。『お前は風を引き易い体質だから、毎朝怠らず冷水浴をやるがいい』と、その男は親切らしく妻に云ったのです。心の底から夫を信頼している妻は直《ただ》ちにその通り実行しました。そうして、それらのために自分の心臓がいよいよ悪くなるのを知らずにいました。ですがそれだけでは夫の計画が十分に遂行されたとは云えません。彼女の心臓をそんなに悪くしておいてから、今度はその心臓に打撃を与えるのです。つまり、なるべく高い熱の続くような病気、――チブスとか肺炎とかに罹り易いような状態へ、彼女を置くのですな。その男が最初に択んだのはチブスでした。彼はその目的で、チブス菌のいそうなものを頻《しき》りに細君に喰《た》べさせました。『亜米利加《アメリカ》人は食事の時に生水《なまみず》を飲む、水をベスト・ドリンクだと云って賞美する』などと称して、細君に生水を飲ませる。刺身を喰《く》わせる。それから、生《なま》の牡蠣《かき》と心太《ところてん》にはチブス菌が多いことを知って、それを喰わせる。勿論細君にすすめるためには夫自身もそうしなければなりませんでしたが、夫は以前にチブスをやったことがあるので、免疫性になっていたんです。夫のこの計画は、彼の希望通りの結果を齎《もたら》しはしませんでしたが、殆《ほとん》ど七分通りは成功しかかったのです。と云うのは、細君はチブスにはなりませんでしたけれども、パラチブスにかかりました。そうして一週間も高い熱に苦しめられました。が、パラチブスの死亡は一割内外に過ぎませんから、幸か不幸か心臓の弱い細君は助かりました。夫はその七分通りの成功に勢いを得て、その後も相変らず生物《なまもの》を喰べさせることを怠らずにいたので、細君は夏になるとしばしば下痢を起しました。夫はその度毎《たびごと》にハラハラしながら成り行きを見ていましたけれど、生憎《あいにく》にも彼の注文するチブスには容易に罹らなかったのです。するとやがて、夫のためには願ってもない機会が到来したのです。それは一昨年の秋から翌年の冬へかけての悪性感冒の流行でした。夫はこの時期においてどうしても彼女を感冒に取《と》り憑《つ》かせようとたくらんだのです。十月早々、彼女は果してそれに罹りました、――なぜ罹ったかと云うと、彼女はその時分、咽喉《のど》を悪くしていたからです。夫は感冒予防の嗽《うが》いをしろと云って、わざと度の強い過酸化水素水を拵《こしら》えて、それで始終彼女に嗽いをさせていました。そのために彼女は咽喉《いんこう》カタールを起していたのです。のみならず、ちょうどその時に親戚の伯母《おば》が感冒に罹ったので、夫は彼女を再三其処へ見舞いにやりました。彼女は五たび目に見舞いに行って、帰って来るとすぐに熱を出したのです。しかし、幸いにしてその時も助かりました。そうして正月になって、今度は更に重いのに罹ってとうとう肺炎を起したのです。……」

こう云いながら、探偵はちょっと不思議なことをやった、――持っていた葉巻の灰をトントンと叩《たた》き落すような風に見せて、彼は湯河の手頸《てくび》の辺を二、三度軽く小突いたのである、――何か無言の裡《うち》に注意をでも促すような工合《ぐあい》に。それから、あたかも二人は日本橋の橋手前まで来ていたのだが、探偵は村井銀行の先を右へ曲って、中央郵便局の方角へ歩き出した。無論湯河も彼に喰着《くっつ》いて行かなければならなかった。

「この二度目の感冒にも、やはり夫の細工がありました」

と、探偵は続けた。

「その時分に、細君の実家の子供が激烈な感冒に罹って神田のS病院へ入院することになりました。すると夫は頼まれもしないのに細君をその子供の付添人にさせたのです。それはこう云う理窟《りくつ》からでした、――『今度の風は移り易いからめったな者を付き添わせることはできない。私の家内はこの間感冒をやったばかりで免疫になっているから、付添人には最も適当だ』――そう云ったので、細君もなるほどと思って子供の看護をしているうちに、再び感冒を背負い込んだのです。そうして細君の肺炎はかなり重態でした。幾度も危険のことがありました。今度こそ夫の計略は十二分に効を奏しかかったのです。夫は彼女の枕許《まくらもと》で彼女が夫の不注意からこう云う大患になったことを詫《あやま》りましたが、細君は夫を恨もうともせず、何処《どこ》までも生前の愛情を感謝しつつ静かに死んでいきそうにみえました。けれども、もう少しと云うところで今度も細君は助かってしまったのです。夫の心になってみれば、九仞《きゅうじん》の功を一簣《いっき》に虧《か》いた、――とでも云うべきでしょう。そこで、夫は又工夫を凝《こ》らしました。これは病気ばかりではいけない、病気以外の災難にも遇《あ》わせなければいけない、――そう考えたので、彼は先《ま》ず細君の病室にある瓦斯《ガス》ストオブを利用しました。その時分細君は大分よくなっていたから、もう看護婦も付いてはいませんでしたが、まだ一週間ぐらいは夫と別の部屋に寝ている必要があったのです。で、夫は或る時偶然にこう云うことを発見しました。――細君は、夜眠りに就《つ》く時は火の用心を慮《おもんぱか》って瓦斯ストオブを消して寝ること。瓦斯ストオブの栓は、病室から廊下へ出る閾際《しきいぎわ》にあること。細君は夜中に一度便所へ行く習慣があり、そうしてその時には必ずその閾際を通ること。閾際を通る時に、細君は長い寝間着の裾《すそ》をぞろぞろと引き擦《ひず》って歩くので、その裾が五度に三度までは必ず瓦斯の栓に触《さわ》ること。もし瓦斯の栓がもう少し弱かったら、裾が触った場合にそれが弛《ゆる》むに違いないこと。病室は日本間ではあったけれども、建具がシッカリしていて隙間から風が洩《も》らないようになっていること。――偶然にも、其処にはそれだけの危険の種《た》子《ね》が準備されていました。ここにおいて夫は、その偶然を必然に導くにはほんの僅かの手数を加えればいいと云うことに気が付きました。それは即ち瓦斯の栓をもっと緩《ゆる》くしておくことです。彼は或る日、細君が昼寝をしている時にこっそりとその栓へ油を差して其処を滑らかにしておきました。彼のこの行動は、極めて秘密の裡《うち》に行われた筈《はず》だったのですが、不幸にして彼は自分が知らない間にそれを人に見られていたのです。——見たのはその時分彼の家に使われていた女中でした。この女中は、細君が嫁に来た時に細君の里から付いて来た者で、非常に細君思いの、気転の利く女だったのです。まあそんなことはどうでもよござんすがね、——」

探偵と湯河とは中央郵便局の前から兜橋《かぶとばし》を渡り、鎧橋《よろいばし》を渡った。二人はいつの間にか水天宮《すいてんぐう》前の電車通りを歩いていたのである。

「——で、今度も夫は七分通り成功して、残りの三分で失敗しました。細君は危《あやう》く瓦斯のために窒息しかかったのですが、大事に至らないうちに眼を覚まして、夜中に大騒ぎになったのです。どうして瓦斯が洩れたのか、原因は間もなく分りましたけれど、それは細君自身の不注意と云うことになったのです。その次に夫が択んだのは乗合自動車です。これはさっきもお話したように、細君が医者へ通うのを利用したので、彼はあらゆる機会を利用することを忘れませんでした。そこで自動車もまた不成功に終った時に、更に新しい機会を掴《つか》みました。彼にその機会を与えた者は医者だったのです。医者は細君の病後保養のために転地することをすすめたのです。何処か空気のいい処《ところ》へ一と月ほど行っているように、――そんな勧告があったので、夫は細君にこう云いました、『お前は始終患ってばかりいるのだから、一と月や二た月転地するよりもいっそ家中《うちじゅう》でもっと空気のいい処へ引越すことにしよう。そうかと云って、あまり遠くへ越す訳にもいかないから、大森辺へ家《うち》を持ったらどうだろう。彼処《あすこ》なら海も近いし、己《おれ》が会社へ通うのにも都合がいいから』この意見に細君はすぐ賛成しました。あなたは御存知かどうか知りませんが、大森は大そう飲み水の悪い土地だそうですな、そうしてそのせいか伝染病が絶えないそうですな、――殊《こと》にチブスが。――つまりその男は災難の方が駄目《だめ》だったので再び病気を狙《ねら》い始めたのです。で、大森へ越してからは一層猛烈に生水や生物を細君に与えました。相変らず冷水浴を励行させ喫煙をすすめてもいました。それから、彼は庭を手入れして樹木を沢山に植え込み、池を掘って水溜《みずたま》りを拵え、又便所の位置が悪いと云ってそれを西日の当るような方角に向き変えました。これは家の中に蚊と蠅《はえ》とを発生させる手段だったのです。いやまだあります、彼の知人のうちにチブス患者ができると、彼は自分は免疫だからと称してしばしば其処《そこ》へ見舞いに行き、たまには細君にも行かせました。こうして彼は気長に結果を待っている筈でしたが、この計略は思いのほか早く、越してからやっと一と月も立たないうちに、かつ今度こそ十分に効を奏したのです。彼が或る友人のチブスを見舞いに行ってから間もなく、其処には又どんな陰険な手段が弄《ろう》されたか知れませんが、細君はその病気に罹りました。そうして遂にそのために死んだのです。――どうですか、これはあなたの場合に、外形だけはそっくり当てはまりはしませんかね」

「ええ、――そ、そりゃ外形だけは――」

「あはははは、そうです、今までのところでは外形だけはです。あなたは先の奥さんを愛していらしった、ともかく外形だけは愛していらしった。しかしそれと同時に、あなたはもう二、三年も前から先の奥様には内証で今の奥様を愛していらしった。外形以上に愛していらしった。すると、今までの事実にこの事実が加わって来ると、先の場合があなたに当てはまる程度は単に外形だけではなくなって来ますな。――」

二人は水天宮の電車通りから右へ曲った狭い横町を歩いていた。横町の左側に「私立探偵」と書いた大きな看板を掲げた事務所風の家があった。ガラス戸の嵌《は》まった二階にも階下にも明りが煌々《こうこう》と燈《とも》っていた。其処の前まで来ると、探偵は「あはははは」と大声で笑い出した。

「あはははは、もういけませんよ。もうお隠しなすってもいけませんよ。あなたはさっきから顫《ふる》えていらっしゃるじゃありませんか。先の奥様のお父様が今夜僕の家《うち》であなたを待っているんです。まあそんなに怯《おび》えないでも大丈夫ですよ。ちょっと此処《ここ》へお這入《はい》んなさい」

彼は突然湯河の手頸《てくび》を摑んでぐい、と肩でドーアを押しながら明るい家の中へ引き擦り込んだ。電燈に照らされた湯河の顔は真青だった。彼は喪心したようにぐらぐらとよろめいて其処にある椅子の上に臀餅《しりもち》をついた。

私

もう何年か前、私が一高の寄宿寮にいた当時の話。

或《あ》る晩のことである。その時分はいつも同室生が寝室に額《ひたい》を鳩《あつ》めては、夜おそくまで蠟勉と称して蠟燭《ろうそく》をつけて勉強する（その実駄弁《だべん》を弄《ろう》する）のが習慣になっていたのだが、その晩も電燈が消えてしまってから長い間、三、四人が蠟燭の灯影にうずくまりつつおしゃべりをつづけていたのであった。

その時、どうして話題が其処《そこ》へ落ち込んだのかは明瞭《めいりょう》でないが、何でも我れ我れはその頃の我れ我れには極《ご》くありがちな恋愛問題に就《つ》いて、勝手な熱を吹き散らしていたかのように記憶する。それから、自然の径路《けいろ》として人間の犯罪と云うことが話題になり、殺人とか、詐欺とか、窃盗《せっとう》などと云う言葉がめいめいの口に上るようになった。

「犯罪のうちで一番われわれが犯しそうな気がするのは殺人だね」

と、そう云ったのは某博士の息子の樋口と云う男だった。

「どんなことがあっても泥坊《どろぼう》だけはやりそうもないよ。――何しろアレは実に困る。外《ほか》の人間は友達に持てるが、ぬすッととなるとどうも人種が違うような気がするからナア」

樋口はその生れつき品の好い顔を曇らせて、不愉快そうに八の字を寄せた。その表情は彼の人相を一層品好く見せたのである。

「そう云えばこの頃、寮で頻《しき》りに盗難があるッて云うのは事実かね」

と、今度は平田と云う男が云った。平田はそう云って、もう一人の中村と云う男を顧《かえり》みて、「ねえ、君」と云った。

「うん、事実らしいよ、何でも泥坊は外《そと》の者じゃなくて、寮生に違いないと云う話だがね」

「なぜ」

と私が云った。

「なぜッて、委《くわ》しいことは知らないけれども、――」と、中村は声をひそめて憚《はばか》るような口調で、「余り盗難が頻々《ひんぴん》と起るので、寮以外の者の仕業じゃあるまいと云うのさ」

「いや、そればかりじゃないんだ」

と、樋口が云った。

「たしかに寮生に違いないことを見届けた者があるんだ。――ついこの間、真ッ昼間だったそうだが、北寮七番にいる男がちょっと用事があって寝室へ這入《はい》ろうとすると、中からいきなりドーアを明けて、その男を不意にピシャリと殴《なぐ》り付けてバタバタと廊下へ逃げ出した奴《やつ》があるんだそうだ。殴られた男はすぐ追っかけたが、梯子段《はしごだん》を降りると見失ってしまった。あとで寝室へ這入ってみると、行李《こうり》だの本箱だのが散らかしてあったと云うから、其奴《そいつ》が泥坊に違いないんだよ」

「で、その男は泥坊の顔を見たんだろうか？」

「いや、出し抜けに張り飛ばされたんで顔は見なかったそうだけれども、服装や何かの様子ではたしかに寮生に違いないと云うんだ。何でも廊下を逃げて行く時に、羽織《はおり》を頭からスッポリ被《かぶ》って駈《か》け出したそうだが、その羽織が下《さが》り藤《ふじ》の紋付《もんつき》だったと云うことだけが分っている」

「下り藤の紋付？　それだけの手掛りじゃ仕様がないね」

そう云ったのは平田だった。気のせいか知らぬが、平田はチラリと私の顔色を窺《うかが》ったように思えた。そうして又、私もその時思わずイヤな顔をしたような気がする。なぜかと云うのに、私の家の紋は下り藤であって、しかもその紋付の羽織を、その晩は着てはいなかったけれども、折々出して着て歩くことがあったからである。

「寮生だとすると容易に摑《つか》まりッこはないよ。自分たちの仲間にそんな奴がいると思うのは不愉快だし、誰しも油断しているからなあ」

私はほんの一瞬間のイヤな気持を自分でも恥《はず》かしく感じたので、サッパリと打ち消すようにしながらそう云ったのであった。

「だが、二、三日うちにきっと摑まるに違いないことがあるんだ。——」

と、樋口は言葉尻に力を入れて、眼を光らせて、しゃがれ声になって云った。

「——これは秘密なんだが、一番盗難の頻発するのは風呂場《ふろば》の脱衣場だと云うので、二、三日前から、委員がそっと張り番をしているんだよ。何でも天井裏へ忍び込んで、小さな穴から様子を窺っているんだそうだ」

「へえ、そんなことを誰から聞いたい？」

この問を発したのは中村だった。

「委員の一人から聞いたんだが、まあ余りしゃべらないでくれたまえ」

「しかし君、君が知ってるとすると、泥坊だってその位のことはもう気が付いているかも知れんぜ」

そう云って、平田は苦々しい顔をした。

ここでちょっと断っておくが、この平田と云う男と私とは以前はそれほどでもなかったのに、或る時或ることから感情を害して、近頃ではお互いに面白くない気持で付き合っていたのである。尤《もっと》もお互いにとは云っても、私の方からそうしたのではなく、平田の方でヒドク私を嫌い出したので、「鈴木は君らの考えているようなソンナ立派な人間じゃない、僕は或ることによって彼奴《あいつ》の腹の底を見透《みす》かしたんだ」と、平田が或る時私をこッぴどく罵《ののし》ったと云うことを、私は嘗《かつ》て友人の一人から聞いた。「僕は彼奴には愛憎《あいそ》を尽かした。可哀《かわい》そうだから付き合ってはやるけれど、決して心から打ち解けてはやらない」と、そうも云ったと云うことであった。が、彼は蔭口《かげぐち》をきくばかりで、一度も私の面前でそれを云い出したことはなかった。ただ恐ろしく私を忌《い》み、侮蔑《ぶべつ》をさえもしているらしいことは、彼の様子のうちにありありと見えていた。相手がそう云う風な態度でいる時に、私の性質としては進んで説明を求めようとする気にはなれなかった。「己《おれ》に悪い所があるなら忠告するのが当り前だ、忠告するだけの親切さえもないものなら、或《あるい》は又忠告するだけの価値さえもないと思っているなら、己の方でも彼奴を友人とは思うまい」そう考えた時、私は多少の寂寞《せきばく》を感じはしたものの、別段そのために深く心を悩ましはしなかった。平田は体格の頑丈な、所謂《いわゆる》「向陵健児《こうりょうけんじ》」の模範とでも云うべき男性的な男、私は痩《や》せッぽちの色の青白い神経質の男、二人の性格には根本的に融和しがたいものがあるのだし、全く違った二つの世界に住んでいる人間なのだから仕方がないと云う風に、私はあきらめてもいた。但《ただ》し平田は柔道三段の強《ごう》の者で、「グズグズすれば打《ぶ》ん殴るぞ」と云うような、腕《うで》ッ節《ぷし》を誇示する風があったので、此方《こっち》が大人《おとな》しく出るのは卑怯《ひきょう》じゃないかとも考えられたが、――そうして事実、内々はその腕ッ節を恐れていたにも違いないが、――私は幸いにもそんな下らない意地ッ張りや名誉心にかけては極く淡泊な方であった。「相手がいかに自分を軽蔑《けいべつ》しようと、自分で自分を信じていればそれでいいのだ、少しも相手を恨むことはない」――こう腹をきめていた私は、平田の傲慢《ごうまん》な態度に報ゆるに、常に冷静な寛大な態度をもってした。「平田が僕を理解してくれないのは已《や》むを得ないが、僕の方では平田の美点を認めているよ」と、場合によっては第三者に云いもしたし、又実際そう思ってもいたのだった。私は自分を卑怯だと感ずることなしに、心の底から平田を褒《ほ》めることのできる自分自身を、高潔なる人格者だとさえ己惚《うぬぼ》れていた。

「下り藤の紋付？」

そう云って、平田がさっき私の方をチラと見た時の、その何とも云えないイヤな眼つきが、その晩はしかし奇妙にも私の神経を刺したのである。一体あの眼つきは何を意味するのだろうか？　平田は私の紋付が下り藤であることを知りつつ、あんな眼つきをしたのだろうか？　それともそう取るのは私の僻《ひが》みに過ぎないだろうか？——だが、もし平田が少しでも私を疑ぐっているとすれば、私はこの際どうしたらいいかしらん？

「すると僕にも嫌疑が懸るぜ、僕の紋も下り藤だから」

そう云って私は虚心坦懐《きょしんたんかい》に笑ってしまうべきであろうか？　けれどもそう云った場合に、ここにいる三人が私と一緒に快く笑ってくれれば差支《さしつか》えないが、そのうちの一人、——平田一人がニコリともせずに、ますます苦い顔をするとしたらどうだろう。私はその光景を想像すると、ウッカリ口を切る訳にもいかなかった。

こんなことに頭を費《ついや》すのは馬鹿げた話ではあるけれども、私はそこで咄嗟《とっさ》の間にいろいろなことを考えさせられた。「今私が置かれているような場合において、真の犯人と然《しか》らざる者とは、各々《おのおの》の心理作用に果してどれだけの相違があるだろう」こう考えて来ると、今の私は真の犯人が味わうと同じ煩悶《はんもん》、同じ孤独を味わっているようである。ついさっきまで私はたしかにこの三人の友人であった、天下の学生たちに羨《うらや》ましがられる「一高」の秀才の一人であった。しかし今では、少なくとも私自身の気持においては既に三人の仲間ではない。ほんのつまらないことではあるが、私は彼らに打ち明けることのできない気苦労を持っている。自分と対等であるべき筈《はず》の平田に対して、彼の一顰一笑《いっぴんいっしょう》に対して気がねしている。

「ぬすッととなるとどうも人種が違うような気がするからナア」

樋口の云った言葉は、何気なしに云われたのには相違ないが、それが今の私の胸にはグンと力強く響いた。「ぬすッととは人種が違う」――ぬすッと！ ああ何と云う厭《いや》な名だろう、――思うにぬすッとが普通の人種と違う所以《ゆえん》は、彼の犯罪行為その物に存するのではなく、犯罪行為を何とかして隠そうとし、或は自分でもなるべくそれを忘れていようとする心の努力、決して人には打ち明けられない不断《ふだん》の憂慮、それが彼を知らず識《し》らず暗黒な気持に導くのであろう。ところで今の私は確かにその暗黒の一部分を持っている。私は自分が犯罪の嫌疑を受けているのだと云うことを、自分でも信じまいとしている。そうしてそのために、いかなる親友にも打ち明けられない憂慮を感じている。樋口は勿論《もちろん》私を信用していればこそ、委員から聞いた湯殿の一件を洩《も》らしたのだろう。「まあ余りしゃべらないでくれたまえ」彼がそう云った時、私は何となく嬉《うれ》しかった。が、同時にその嬉しさが私の心を一層暗くしたことも事実だ。「なぜそんなことを嬉しがるのだ。樋口は始めから己を疑っていやしないじゃないか」そう思うと、私は樋口の心事に対して後ろめたいような気がした。

それから又こう云うことも考えられた。どんな善人でも多少の犯罪性があるものとすれば、「もし己が真の犯人だったら、――」という想像を起すのは私ばかりでないかも知れない。私が感じているような不快なり喜びなりを、ここにいる三人も少しは感じているかも知れない。そうだとすると、委員から特に秘密を教えて貰《もら》った樋口は、心中最も得意であるべき筈である。彼はわれわれ四人の内で誰よりも委員に信頼されている。彼こそは最もぬすッとに遠い人種である。そうして彼がその信頼を贏《か》ち得た原因は、彼の上品な人相と、富裕な家庭のお坊っちゃんであり博士の令息であると云う事実に帰着するとすれば、私はそう云う境遇にある彼を羨まない訳にいかない。彼の持っている物質的優越が彼の品性を高めるごとく、私の持っている物質的劣弱、――S県の水呑《みずの》み百姓の倅《せがれ》であり、旧藩主の奨学資金でヤッと在学しつつある貧書生だと云う意識は、私の品性を卑しくする。私が彼の前へ出て一種の気怯《きおく》れを感じるのは、私がぬすッとであろうとなかろうと同じことだ。私と彼とはやはり人種が違っているのだ。彼が虚心坦懐な態度で私を信ずれば信ずるほど、私はいよいよ彼に遠ざかるのを感ずる。親しもうとすればするほど、――うわべはいかにも打ち解けたらしく冗談を云い、しゃべり合い笑い合うほど、ますます彼と私との距離が隔たるのに心づく。その気持は我ながら奈何《いかん》ともすることができない。………

「下り藤の紋付」はその晩以来、長い間私の気苦労の種になった。私はそれを着て歩いたものかどうかに就いて頭を悩ました。仮りに平気で着て歩くとする、みんなも平気で見てくれればいいが、「あ、彼奴《あいつ》があれを着ている」と云うような眼つきをするとする、そうして或る者は私を疑い、或る者は疑っては済まないと思い、或る者は疑われて気の毒だと思う。私は平田や樋口に対してばかりでなく、すべての同窓生に対して、不快と気怯れを感じ出す、そこで又イヤになって羽織を引込める、と、今度は引込めたがためにいよいよ妙になる。私の恐れるのは犯罪の嫌疑その物ではなく、それに連れて多くの人の胸に湧《わ》き上るいろいろの汚い感情である。私は誰よりも先に自分で自分を疑い出し、そのために多くの人にも疑いを起させ、今まで分け隔てなく付き合っていた友人間に変なこだわりを生じさせる。私が仮りに真のぬすッとだったとしても、それの弊害はそれに付《つ》き纏《まと》うさまざまのイヤな気持に比べれば何でもない。誰も私をぬすッとだとは思いたくないであろうし、ぬすッとであるまでも確かにそうと極《き》まるまでは、夢にもそんなことを信ぜずに付き合っていたいであろう。そのくらいでなければ我れ我れの友情は成り立ちはしない。そこで、友人の物を盗む罪よりも友情を傷つける罪の方が重いとすれば、私はぬすッとであってもなくても、みんなに疑われるような種を蒔《ま》いては済まない訳である。ぬすッとをするよりも余計に済まない訳である。私がもし賢明にして巧妙なぬすッとであるなら、――いや、そう云ってはいけない、――もし少しでも思いやりのあり良心のあるぬすッとであるなら、できるだけ友情を傷つけないようにし、心の底から彼らに打ち解け、神様に見られても恥《はず》かしくない誠意と温情とをもって彼らに接しつつ、コッソリと盗みを働くべきである。「ぬすッと猛々《たけだけ》しい」とは蓋《けだ》しこれを云うのだろうが、ぬすッとの気持になってみればそれが一番正直な、偽りのない態度であろう。「盗みをするのも本当ですが友情も本当です」と彼は云うだろう。「両方とも本当の所がぬすッとの特色、人種の違う所以《ゆえん》です」とも云うだろう。――とにかくそんな風に考え始めると、私の頭は一歩一歩とぬすッとの方へ傾いて行って、ますます友人との隔たりを意識せずにはいられなかった。私はいつの間にか立派な泥坊になっている気がした。

或る日、私は思い切って下り藤の紋付を着、グラウンドを歩きながら中村とこんな話をした。

「そう云えば君、泥坊はまだ掴まらないそうだね」

「ああ」

と云って、中村は急に下を向いた。

「どうしたんだろう、風呂場で待っていても駄目《だめ》なのかしらん」

「風呂場の方はあれッきりだけれど、今でも盛んに方々で盗まれるそうだよ。風呂場の計略を洩らしたと云うんで、この間樋口が委員に呼びつけられて怒られたそうだがね」

私はさっと顔色を変えた。

「ナニ、樋口が？」

「ああ、樋口がね、樋口がね、――鈴木君、堪忍《かんにん》してくれたまえ」

中村は苦しそうな溜息《ためいき》と一緒にバラバラと涙を落した。

「――僕は今まで君に隠していたけれど、今になって黙っているのは却《かえ》って済まないような気がする。君は定めし不愉快に思うだろうが、実は委員たちが君を疑っているんだよ。しかし君、――こんなことは口にするのもイヤだけれども、僕は決して疑っちゃいない。今の今でも君を信じている。信じていればこそ黙っているのが辛《つら》くって苦しくって仕様がなかったんだ。どうか悪く思わないでくれたまえ」

「有難《ありがと》う、よく云ってくれた、僕は君に感謝する」

そう云って、私もつい涙ぐんだ、が、同時に又「とうとう来たな」と云うような気もしないではなかった。恐ろしい事実ではあるが、私は内々今日の日が来ることを予覚していたのである。

「もうこの話は止《よ》そうじゃないか、僕も打ち明けてしまえば気が済むのだから」

と、中村は慰めるように云った。

「だけどこの話は、口にするのもイヤだからと云って捨てておく訳にはいかないと思う。君の好意は分っているが、僕は明らかに恥《はじ》を掻《か》かされたばかりでなく、友人たる君にまでも恥を掻かした。僕はもう、疑われたと云う事実だけでも、君らの友人たる資格をなくしてしまったんだ。孰方《どっち》にしても僕の不名誉は拭《ぬぐ》われッこはないんだ。ねえ君、そうじゃないか、そうなっても君は僕を捨てないでくれるだろうか」

「僕は誓って君を捨てない、僕は君に恥を掻かされたなんて思ってもいないんだ」

中村は例になく激昂《げっこう》した私の様子を見てオドオドしながら、

「樋口だってそうだよ、樋口は委員の前で極力君のために弁護したと云っている。『僕は親友の人格を疑うくらいなら自分自身を疑います』とまで云ったそうだ」

「それでもまだ委員たちは僕を疑っているんだね？――何も遠慮することはない、君の知ってることは残らず話してくれたまえな、その方がいっそ気持が好いんだから」

私がそう云うと、中村はさも云いにくそうにして語った。

「何でも方々から委員の所へ投書が来たり、告げ口をしに来たりする奴があるんだそうだよ。それに、あの晩樋口が余計なおしゃべりをしてから風呂場に盗難がなくなったと云うのが、嫌疑の原《もと》にもなってるんだそうだ」

「しかし風呂場の話を聞いたのは僕ばかりじゃない」——この言葉は、それを口に出しはしなかったけれども、すぐと私の胸に浮かんだ。そうして私を一層淋《さび》しく情けなくさせた。

「だが、樋口がおしゃべりをしたことを、どうして委員たちは知っただろう？　あの晩彼処《あすこ》にいたのは僕ら四人だけだ、四人以外に知っている者はない訳だとすると、——そうして樋口と君とは僕を信じてくれるんだとすると、——」

「まあ、それ以上は君の推測に任せるより仕方がない」そう云って中村は哀訴するような眼つきをした。「僕はその人を知っている。その人は君を誤解しているんだ。しかし僕の口からその人のことは云いたくない」

平田だな、——そう思うと私はぞっとした。平田の眼が執拗《しつよう》に私を睨《にら》んでいる心地がした。

「君はその人と、何か僕のことに就いて話し合ったかね？」

「そりゃ話し合ったけれども、………しかし、君、察してくれたまえ、僕は君の友人であると同時にその人の友人でもあるんだから、そのために非常に辛いんだよ。実を云うと、僕と樋口とは昨夜その人と意見の衝突をやったんだ。そうしてその人は今日のうちに寮を出ると云っているんだ。僕は一人の友達のためにもう一人の友達をなくすのかと思うと、そう云う悲しいハメになったのが残念でならない」

「ああ、君と樋口とはそんなに僕を思っていてくれたのか、済まない済まない、――」

私は中村の手を執《と》って力強く握り締めた。私の眼からは涙が止めどなく流れた。中村も勿論泣いた。生れて始めて、私はほんとうに人情の温かみを味わった気がした。この間から遣《や》る瀬《せ》ない孤独に苛《さいな》まれていた私が、求めて已《や》まなかったものは実にこれだったのである。たとい私がどんなぬすッとであろうとも、よもやこの人の物を盗むことはできまい。………

「君、僕は正直なことを云うが、――」

と、暫《しばら》く立ってから私が云った。

「僕は君らにそんな心配をかけさせるほどの人間じゃないんだよ。僕は君らが僕のような人間のために立派な友達をなくすのを、黙って見ている訳にはいかない。あの男は僕を疑っているかも知れないが、僕は未《いま》だにあの男を尊敬している。僕よりもあの男の方が余っぽど偉いんだ。僕は誰よりもあの男の価値を認めているんだ。だからあの男が寮を出るくらいなら、僕が出ることにしようじゃないか。ねえ、後生だからそうさせてくれたまえ、そうして君らはあの男と仲好く暮らしてくれたまえ。僕は独りになってもまだその方が気持がいいんだから」

「そんなことはない、君が出ると云う法はないよ」

と、人の好い中村はひどく感激した口調で云った。

「僕だってあの男の人格は認めている。だが今の場合、君は不当に虐《しいた》げられている人なんだ。僕はあの男の肩を持って不正に党《くみ》することはできない。君を追い出すくらいなら僕らが出る。あの男は君も知ってる通り非常に自負心が強くってナカナカ後へ退《ひ》かないんだから、出ると云ったらきっと出るだろう。だから勝手にさせておいたらいいじゃないか。そうしてあの男が自分で気が付いて詫《あやま》りに来るまで待てばいいんだ。それも恐らく長いことじゃないんだから」

「でもあの男は強情だからね、自分の方から詫りに来ることはないだろうよ。いつまでも僕を嫌い通しているだろうよ」

私のこう云った意味を、私が平田を恨んでいてその一端を洩《も》らしたのだと云う風に、中村は取ったらしかった。

「なあに、まさかそんなことはないさ、こうと云い出したら飽《あ》くまで自分の説を主張するのが、あの男の長所でもあり欠点でもあるんだけれど、悪かったと思えば綺《き》麗《れい》さっぱりと詫りに来るさ。そこがあの男の愛すべき点なんだ」

「そうなってくれれば結構だけれど、――――」

と、私は深く考え込みながら云った。

「あの男は君の所へは戻って来ても、僕とは永久に和解する時がないような気がする。――ああ、あの男は本当に愛すべき人間だ。僕もあの男に愛せられたい」

中村は私の肩に手をかけて、この一人の哀れな友を庇《かば》うようにしながら、草の上に足を投げていた。夕ぐれのことで、グラウンドの四方には淡い靄《もや》がかかって、それが海のようにひろびろと見えた。向うの路《みち》を、たまに二、三人の学生が打ち連れて、チラリと私の方を見ては通って行った。

「もうあの人たちも知っているのだ、みんなが己《おれ》を爪弾《つまはじ》きしているのだ」

そう思うと、云いようのない淋しさがひしひしと私の胸を襲った。

その晩、寮を出る筈《はず》であった平田は、何か別に考えたことでもあるのか、出るような様子もなかった。そうして私とは勿論、樋口や中村とも一言も口を利かないで、黙りこくっていた。事態がこうなって来ては、私が寮を出るのが当然だとは思ったけれども、二人の友人の好意に背《そむ》くのも心苦しいし、それに私としては、今の場合に出て行くことは疚《やま》しい所があるようにも取られるし、ますます疑われるばかりなので、そうする訳にもいかなかった。出るにしてももう少し機会を待たなけりゃならない、と、私はそう思っていた。

「そんなに気にしない方がいいよ、そのうちに犯人が掴《つか》まりさえすりゃ、自然と解決がつくんだもの」

二人の友人は始終私にそう云ってくれていた。が、それから一週間ほど過ぎても、犯人は掴まらないのみか、依然として盗難が頻発するのだった。遂には私の部屋でも樋口と中村とが財布の金と二、三冊の洋書を盗まれた。

「とうとう二人共やられたかな、あとの二人は大丈夫盗まれッこあるまいと思うが、………」

その時、平田が妙な顔つきでニヤニヤしながら、こんな厭味《いやみ》を云ったのを私は覚えている。

樋口と中村とは、夜になると図書館へ勉強に行くのが例であったから、平田と私とは自然二人きりで顔を突き合わすことがしばしばあった。私はそれが辛かったので、自分も図書館へ行くか散歩に出かけるかして、夜はなるべく部屋にいないようにしていた。すると或る晩のことだったが、九時半頃に散歩から戻って来て、自習室の戸を明けると、いつも其処《そこ》に独りで頑張っている筈の平田も見えないし、外《ほか》の二人もまだ帰って来ないらしかった。「寝室かしら？」——と思って、二階へ行って見たがやはり誰もいない。私は再び自習室へ引き返して平田の机の傍に行った。そうして、静かにその抽《ひ》き出《だ》しを明けて、二、三日前に彼の国もとから届いた書留郵便の封筒を捜《さが》し出した。封筒の中には拾円の小為替《こがわせ》が三枚這入《はい》っていたのである。私は悠々とその内の一枚を抜き取って懐《ふところ》に収め、抽き出しを元の通りに直し、それから、極めて平然と廊下に出て行った。廊下から庭へ降りて、テニス・コートを横ぎって、いつも盗んだ物を埋めておく草のぼうぼうと生えた薄暗い窪《くぼ》地《ち》の方へ行こうとすると、

「ぬすッと！」

と叫んで、いきなり後から飛び着いて、イヤと云うほど私の横《よこ》ッ面《つら》を張り倒した者があった。それが平田だった。

「さあ出せ、貴様が今懐に入れた物を出して見せろ！」

「おい、おい、そんな大きな声を出すなよ」

と、私は落ち着いて、笑いながら云った。

「己は貴様の為替を盗んだに違いないよ。返せと云うなら返してやるし、来いと云うなら何処《どこ》へでも行くさ。それで話が分っているからいいじゃないか」

平田はちょっとひるんだようだったが、すぐ思い返して猛然として、続けざまに私の頬桁《ほおげた》を殴った。私は痛いと同時に好い心持でもあった。この間中の重荷をホッと一度に取り落したような気がした。

「そう殴ったって仕様がないさ、僕はみすみす君の罠《わな》に懸ってやったんだ。あんまり君が威張るもんだから、『何糞《なにくそ》！　彼奴《あいつ》の物だって盗めないことがあるもんか』と思ったのがしくじりの原《もと》なんだ。だがまあ分ったからこれでいいや。あとはお互いに笑いながら話をしようよ」

そう云って、私は仲好く平田の手を取ろうとしたけれど、彼は遮二無二《しゃにむに》胸倉を摑んで私を部屋へ引《ひ》き摺《ず》って行った。私の眼に、平田と云う人間が下らなく見えたのはこの時だけだった。

「おい君たち、僕はぬすッとを摑まえて来たぜ、僕は不明の罪を謝する必要はないんだ」

平田は傲然《ごうぜん》と部屋へ這入って、そこに戻って来ていた二人の友人の前に、私を激しく突き倒して云った。部屋の戸口には騒ぎを聞き付けた寮生たちが、刻々に寄って来てかたまっていた。

「平田君の云う通りだよ、ぬすッとは僕だったんだよ」

私は床《ゆか》から起き上って二人に云った。極《ご》く普通に、いつもの通り馴《な》れ馴れしく云った積りではあったが、やはり顔が真青になっているらしかった。

「君たちは僕を憎いと思うかね。それとも僕に対して耻《はず》かしいと思うかね」

と、私は二人に向って言葉をつづけた。

「――君たちは善良な人たちだが、しかし不明の罪はどうしても君たちにあるんだよ。僕はこの間から幾度も幾度も正直なことを云ったじゃないか。『僕は君らの考えているような値打ちのある人間じゃない。平田君こそ確かな人物だ。あの人が不明の罪を謝するようなことは決してない』ッて、あれほど云ったのが分らなかったかね。『君らが平田君と和解する時はあっても、僕が和解する時は永久にない』とも云ったんだ。僕は『平田君の偉いことは誰よりも僕が知っている』とまで云ったんだ。ねえ君、そうだろう、僕は決して一言半句もウソをつきはしなかっただろう。ウソはつかないがなぜハッキリと本当のことを云わなかったんだと、君たちは云うかも知れない。やっぱり君らを欺《だま》していたんだと思うかも知れない。しかし君、そこはぬすッとたる僕の身になって考えてもくれたまえ。僕は悲しいことではあるがどうしてもぬすッとだけは止《や》められないんだ。けれども君らを欺すのは厭だったから、本当のことをできるだけ廻りくどく云ったんだ。僕がぬすッとを止めない以上あれより正直にはなれないんだから、それを悟ってくれなかったのは君らが悪いんだよ。こんなことを云うと、いかにもヒネクレた厭味を云ってるようだけれども、そんな積りは少しもないんだから、何卒《どうぞ》真面目《まじめ》に聞いてくれたまえ。それほど正直を欲するならなぜぬすッとを止めないのかと、君らは云うだろう。だがその質問は僕が答える責任はないんだよ。僕がぬすッととして生れて来たのは事実なんだよ。だから僕はその事実が許す範囲で、できるだけの誠意をもって君らと付き合おうと努めたんだ。それより外に僕の執るべき方法はないんだから仕方がないさ。それでも僕は君らに済まないと思ったからこそ、『平田君を追い出すくらいなら、僕を追い出してくれたまえ』ッて云ったじゃないか。あれはごまかしでも何でもない、本当に君らのためを思ったからなんだ。君らの物を盗んだことも本当だけれど、君らに友情を持っていることも本当なんだよ。ぬすッとにもそのくらいな心づかいはあると云うことを、僕は君らの友情に訴えて聴いて貰《もら》いたいんだがね」

中村と樋口とは、黙って、呆《あき》れ返ったように眼をぱちくりやらせているばかりだった。

「ああ、君らは僕を図々しい奴だと思ってるんだね。やっぱり君らには僕の気持が分らないんだね。それも人種の違いだから仕様がないかな」

そう云って、私は悲痛な感情を笑いに紛《まぎ》らしながら、なお一言付け加えた。

「僕はしかし、未《いま》だに君らに友情を持っているから忠告するんだが、これからもないことじゃないし、よく気を付けたまえ。ぬすッとを友達にしたのは何と云っても君たちの不明なんだ。そんなことでは社会へ出てからが案じられるよ。学校の成績は君たちの方が上かも知れないが、人間は平田君の方ができているんだ。平田君はごまかされない、この人は確かにえらい！」

平田は私に指さされると変な顔をして横を向いた。その時ばかりはこの剛愎《ごうふく》な男も妙に極まりが悪そうであった。

それからもう何年か立った。私はその後何遍《なんべん》となく暗い所へ入れられもしたし、今では本職のぬすッと仲間へ落ちてしまったが、あの時分のことは忘れられない。殊《こと》に忘れられないのは平田である。私は未だに悪事を働くたびにあの男の顔を想《おも》い出す。「どうだ、己の睨んだことに間違いはなかろう」そう云って、あの男が今でも威張っているような気がする。とにかくあの男はシッカリした、見所のある奴だった。しかし世の中と云うものは不思議なもので、「社会へ出てからが案じられる」と云った私の予言は綺麗に外《はず》れて、お坊っちゃんの樋口は親父の威光もあろうけれどトントン拍子に出世をして、洋行もするし学位も授かるし、今日では鉄道院○○課長とか局長とかの椅子《いす》に収まっているのに、平田の方はどうなったのか杳《よう》として聞えない。これだから我れ我れが「どうせ世間は好い加減なものだ」と思うのも尤《もっと》もな訳だ。

　読者諸君よ、以上は私のうそ偽りのない記録である。私はここに一つとして不正直なことを書いてはいない。そうして、樋口や中村に対すると同じく、諸君に対しても「私のようなぬすッとの心中にもこれだけデリケートな気持がある」と云うことを、酌《く》んで貰いたいと思うのである。

　だが、諸君もやっぱり私を信じてくれないかも知れない、けれどももし——甚《はなは》だ失礼な言い草ではあるが、——諸君のうちに一人でも私と同じ人種がいたら、その人だけはきっと信じてくれるであろう。

白昼鬼語《はくちゅうきご》

精神病の遺伝があると自《みずか》ら称している園村が、いかに気紛《きまぐ》れな、いかに常軌を逸した、そうしていかに我儘《わがまま》な人間であるかと云うことは、私も前から知り抜いているし、十分に覚悟して付き合っているのであった。けれどもあの朝、あの電話が園村から懸《かか》って来た時は、私は全く驚かずにはいられなかった。てっきり園村は発狂したに相違ない。一年中で、精神病の患者が最も多く発生すると云う今の季節――この鬱陶《うっとう》しい、六月の青葉の蒸し蒸しした陽気が、きっと彼の脳髄に異状を起させたのに相違ない。さもなければあんな電話をかける筈《はず》がないと、私は思った。いや思ったどころではない、私は固くそう信じてしまったのである。

電話のかかったのは、何でも朝の十時ごろであったろう。

「ああ君は高橋君だね」

と、園村は私の声を聞くと同時に飛び付くような調子で云った。彼が異常に昂奮《こうふん》していることはもうそれで分ったのである。

「済まないが今から急いで僕の所へ来てくれたまえ。今日君にぜひとも見せたいものがあるのだから」

「折角《せっかく》だが今日は行かれないよ。実は或《あ》る雑誌社から小説の原稿を頼まれていて、それを今日の午後二時までに、どうしても書いてしまわなければならないんだ。僕は昨夜から徹夜してるんだ」

こう私が答えたのは譃《うそ》ではなかった。私は昨夜からその時まで、一睡もせずにペンを握り詰めていたのであった。なんぼ園村が閑人《ひまじん》のお坊っちゃんであるにもせよ、此方《こちら》の都合も考えずに、見せる物があるからやって来いなどと云うのは、あんまり呑気《のんき》で勝手過ぎると、私は少し腹を立てたくらいであった。

「そうか、そんなら今すぐでなくてもいいから、午後二時までにそれを書き上げたら、大急ぎで来てくれたまえ。僕は三時まで待っているから。……」

私はますます癪《しゃく》に触って、

「いや今日は駄目《だめ》だよ君、今も云う通り昨夜徹夜をして疲れているから、書き上げたら風呂《ふろ》へ這入《はい》って一と睡《ねむ》りしようと思ってるんだ。何を見せるのだか知らないが、明日だっていいじゃないか」

「ところが今日でなければ見られないものなんだ。君が駄目なら僕独《ひと》りで見に行くより仕方がないが。……」

こう云いかけて、急に園村は声を低くして、囁《ささや》くがごとくに云った。

「……実はね、これは非常に秘密なんだから、誰にも話してくれては困るがね、今夜の夜半《よなか》の一時ごろに、東京の或る町で或る犯罪が、……人殺しが演ぜられるのだ。それで今から支度をして、君と一緒にそれを見に行こうと思うんだけれど、どうだろう君、一緒に行ってくれないかしらん？」

「何だって？　何が演ぜられるんだって？」

私は自分の耳を疑いながら、もう一遍《いっぺん》念を押さずにはいられなかった。

「人殺し、……Murder、殺人が行われるのさ」

「どうして君はそれを知っているんだ。一体誰が誰を殺すのだ」

私はウッカリ大きな声でこう云ってしまってから、びっくりして自分の周囲を見《み》廻《まわ》した。が幸いに家族の者には聞えなかったようであった。

「君、君、電話口でそんな大きな声を出しては困るよ。……誰が誰を殺すのだかは、僕にも分っていない。精《くわ》しいことは電話で話す訳にはいかないが、僕は或る理由によって、今夜或る所で或る人間が或る人間の命を断《た》とうとしていることだけを、嗅《か》ぎつけたのだ。勿論《もちろん》その犯罪は、僕に何らの関係もあるのではないから、僕はそれを予防する責任も、摘発する義務もない。ただできるならば犯罪の当事者に内証で、こっそりとその光景を見物したいと思うのだ。君が一緒に行ってくれれば僕もいくらか心強いし、君にしたって小説を書くよりは面白いじゃないか」

こう云った園村の句調《くちよう》は、奇妙に落ち着いた、静かなものであった。けれども、彼が落ち着いていればいるほど、私はいよいよ彼の精神状態を疑い出した。私は彼の説明を聞いている途中から、激しい動悸《どうき》と戦慄《せんりつ》とが体中に伝わるのを覚えた。

「そんな馬鹿げたことを真面目《まじめ》くさってしゃべるなんて、君は気が違ったんじゃないか」

こう反問する勇気もないほど、私は心から彼の発狂を憂慮し、恐怖し、しかも甚《はなは》だしく狼狽《ろうばい》した。

金と暇とのあるに任せて、常に廃頽《はいたい》した生活を送っていた園村は、この頃は普通の道楽にも飽きてしまって、活動写真と探偵小説とを溺愛《できあい》し、日がな一日、不思議な空想にばかり耽《ふけ》っていたようであるから、その空想がだんだん募《つの》って来た結果、遂に発狂したのであろう。そう考えると私はほんとうに身の毛が竦《よだ》った。私より外《ほか》には友達らしい友達もなく、両親も妻子もなく、数万の資産を擁して孤独な月日を過している彼が、実際発狂したのだとすれば、私を措《お》いて彼の面倒をみてやる者はないのである。私はとにかく、彼の感情を焦《い》ら立たせないようにして、仕事が済み次第早速《さっそく》見舞いに行ってやらなければならなかった。

「なるほど、そう云う訳なら僕も一緒に見に行くから、ぜひ待っていてくれたまえ。二時に書き上げて、三時までには君の所へ行ける積りだが、事に依《よ》ると三十分か一時間ぐらいおくれるかも知れない。しかし僕の行くまでは、必ず待っていてくれたまえよ」

私は何よりも、彼が独りで家を飛び出すのを心配した。

「いいかね、それじゃおそくも四時までにはきっと行くから、出ないで待っていてくれたまえ。いいかね、きっとだぜ」

こう繰り返して、彼の答えを確かめてから、漸《ようや》く電話を切ったのであった。が、私は正直に白状する。――それから午後の二時になるまで、机に向って書きかけの原稿の上に思想を凝《こ》らしてはみたものの、私の頭はもう滅茶滅茶《めちゃめちゃ》に惑乱されて、注意が全然別の方面へ外《そ》れてしまっていた。私はただ責め塞《ふさ》ぎのために、夢中でペンを走らせて、自分でも訳の分らぬ物を好《せ》い加減に書き続けたに過ぎなかった。

狂人の見舞いに行く。それは園村の唯一の友人たる私の義務だとは云いながら、実際あまりいい気持ちのものではなかった。第一、私にしたって彼を見舞いに行く資格があるほど、それほど精神の健全な人間ではない。私も彼の親友たるに背《そむ》かず、毎年この頃の新緑の時候になると、かなり手ひどい神経衰弱に罹《かか》るのが例である。そうして今年も、既に幾分か罹っているらしい徴候さえ見えている。この上狂人の見舞いになんぞ出かけて行ったら、いつ何時《なんどき》、病気が此方《こっち》へ乗り移ってミイラ取りがミイラにならぬとも限らない。或《あるい》は又、園村が今夜行われると信じている殺人事件が、たとえ事実であったにしても、――そんな馬鹿げたことがある筈はないが、――私は到底彼と一緒にそれを見に行く好奇心も勇気もない。殺人の光景などを目撃したら、園村よりも私が先に発狂してしまいそうだ。私は全く、友人としての徳義を重んじて、いやいやながら園村の病状を見舞いに行くだけのことであった。

原稿がすっかり出来上った時は、ちょうど二時が十分過ぎていた。いつもならば、徹夜の後の疲労のお蔭《かげ》でぐったりとなって、少なくとも夕方まで熟睡を貪《むさぼ》るのであるが、四時と云う約束の時間が迫っているし、それに昂奮させられたせいか私は睡《ねむ》くも何ともなかった。で、一杯の葡萄酒《ぶどうしゅ》に元気をつけて、今年になって始めての紺《こん》羅紗《らしゃ》の夏服を纏《まと》うて、白山上《はくさんうえ》の停留場から三田《みた》行きの電車に乗った。園村の家は芝公園の山内にあったのである。

すると、電車に揺られながら、私は或る恐ろしい、不思議な考えに到達した。園村が先刻、電話口で話したことは、ひょっとすると満更の譃ではないかも知れない。今夜のうちに市内の某所で或る殺人が行われると云うこと、それは少なくとも園村にとっては、明らかに予想し得る出来事であるかも知れない。そうして、その予想の的中を見るためには、ぜひとも私を同伴して犯罪の場所へ誘って行くことが必要であるのかも分らない。——つまり園村は、私を、この私を、今夜のうちに某所において彼自身の手で殺そうとしているのではあるまいか。「お前に殺人の光景を見せてやる」こう云って私を誘い出して、彼自身の手で、私の生命の上にその光景を演じてみせようとするのではなかろうか。——この考えは突飛《とっぴ》ではあるが、滑稽《こっけい》ではあるが、決して何らの根拠もない臆測《おくそく》だと云うことはできなかった。勿論私は、そのような残酷な悪戯《いたずら》の犠牲に供せられる覚えはない。私は彼に恨みを買ったことも、誤解されたこともないのであるから、常識をもって判断すれば、彼が私を殺す道理は毛頭《もうとう》ない。けれどももし彼が発狂しているとしたら、誰が私の臆測を突飛であると云えるだろうか。荒唐無稽《こうとうむけい》な探偵小説や犯罪小説を耽読《たんどく》して気違いになった人間が、その親友を不意に殺したくなったとしたら、誰がそれを不自然だと云えるだろうか。不自然どころか、それは最も有り得《あう》べき事実ではないか。

私はもう少しで、電車を降りてしまおうとした。私の額には冷たい汗がべっとりと喰着《くっつ》いて、心臓の血は一時全く働きを止めたらしかった。そうして次の瞬間には、更に別箇の、第二の恐怖が、海嘯《つなみ》のように私の胸を襲って来た。

「こんな下らない空想に悩まされるようでは、事に依ると己《おれ》ももう、気が違っているのではなかろうか。さっき電話で話をしたばかりで、園村の気違いが忽《たちま》ち移ってしまったのではなかろうか」

　この心配の方が、以前の臆測よりも余計に事実らしいだけ、私には遥《はる》かに恐ろしかった。私は何とかして、自分を狂人であると思いたくないために、以前の空想を強《し》いて脳裡《のうり》から打ち消そうと努めた。

「己は何だって、そんな愚にも付かないことを気に懸けているんだ。園村はさっきたしかに、自分は今夜行われる犯罪に関係がない、下手人が誰であるか、犠牲者が誰であるかも全く知らないと云ったじゃないか、彼はただ、或る理由によって、殺人が演ぜられるのを嗅ぎつけたのだと云ったじゃないか。そうしてみれば、彼は決して己を殺そうとしているのではない。やっぱり発狂したために、或る幻想を事実と信じて、己と一緒にそれを見に行く気になっているのだ。そう解釈するのが正当だのに、なぜ己はあんなおかしな推定をしたのだろう。ほんとうに馬鹿げきっている」

私はこう腹の中で呟《つぶや》いて、自分の神経質を嘲笑《あざわら》った。

それでも私は、お成門《なりもん》で電車を降りて、園村の住宅の前へ来た時まで、彼に会おうと云う決心はまだハッキリと着いていなかった。私は彼の家の傍を素通りして、増上寺《ぞうじょうじ》の三門と大門との間を、二、三度往《い》ったり来たりして散々躊躇《ちゅうちょ》した揚句《あげく》、どうにでもなれと云うような捨て鉢な了見《りょうけん》で、園村の家の方へ引返したのであった。

私が、立派な西洋間の、贅沢《ぜいたく》な装飾を施した彼の書斎の扉を明けると、彼は不安らしく室内を歩き廻《まわ》りながら、焦《じ》れったそうに暖炉棚《だんろだな》の置時計を眺めているところであった。うまい工合《ぐあい》に、時刻はきっちり四時になっていた。洋服のよく以合う、すっきりとした体格を持っている彼は、品のいい黒の上衣《うわぎ》に渋い立縞《たてじま》のずぼんを穿《は》いて、白繻子《しろじゅす》へ緑の糸の繡《ぬい》をしたネクタイにアレキサンドリア石のピンを刺して、もうすっかり、外出の身支度を整えていた。宝石の大好きな彼は、か細く戦《おのの》いているようなきゃしゃな指にも、真珠やアクアマリンの指輪をぎらぎらと光らせて、胸間の金鎖の先には昆虫の眼玉のような土耳其石《トルコいし》を揺るがせていた。

「今ちょうど四時だ、よく来てくれたね」

こう云って、私の方を振り向いた彼の顔の中で、私は何よりも瞳《ひとみ》の色を注意して観察した。が、その瞳は例によって病的な輝きを帯びてはいるものの、別段従来と異った激しさや、狂暴さを示してはいなかった。

私はやや安心して、片隅の安楽椅子に腰を卸《おろ》しつつ、

「一体君、さっきの話はあれはほんとうかね」

こう云って、わざと落ち着いて煙草《たばこ》をくゆらした。

「ほんとうだ。僕はたしかな証拠を握ったのだ」

彼は依然として室内を漫歩しながら、確信するもののごとくに云った。

「まあ君、そうせかせかと部屋の中を歩いていないで、腰をかけてゆっくり僕に話して聞かせたまえ。犯罪が行われるのは今夜の夜半《よなか》だと云ったじゃないか。今からそんなに急《せ》かなくってもいいだろう」

私は先《ま》ず彼の意に逆らわないようにして、だんだんと彼の神経を取《と》り鎮《しず》めてやろうと思ったのである。

「しかし証拠は握ったけれど、僕はその場所をハッキリと突き止めていないのだ。だからあんまり暗くならないうちに、一応場所を見定めておく必要があるのだ。別に危険なことはなかろうけれど、済まないが君も今から一緒に行ってくれたまえ」

「よろしい、僕もその積りで来たのだから、一緒に行くのは差支《さしつか》えないが、場所を

突き止めるのにもあてがなくっちゃ大変じゃないか」

「いや、あてはあるのだ、僕の推定するところでは、犯罪の場所はどうしても向《むこう》島《じま》でなければならないのだ」

　こう云う間も、彼はその証拠とやらを握ったのが嬉《うれ》しくってたまらないらしく、平生陰鬱《いんうつ》な、機嫌の悪い男にも似ず、いよいよ忙《せわ》しく歩き廻って、元気よく応答するのであった。

「向島だと云うことが、どうして君に分ったんだね」

「その理由は後で精しく話すから、とにかくすぐに出てくれたまえ。人殺しが見られるなんて、こんな機会は、又とないんだから、外《はず》してしまうと仕様がない」

「場所が分っていさえすれば、そんなに慌《あわ》てないでも大丈夫だよ。タクシーで行けば向島まで三十分あれば十分だし、それにこの頃は日が長いから、暗くなるには未《ま》だ二、三時間も間がある。だからまあ、出かける前に僕に説明してくれたまえ。話を聞かしてくれなくっちゃ、一緒に連れて行って貰《もら》っても、君ばかりが面白くって、僕は一向面白くも何ともないからね」

　私のこの論理は、正気を失っている彼の頭にも、尤《もっと》もらしく響いたものか、園村は鼻の先で二、三度ふんふんと頷《うなず》いて、

「じゃ簡単に話をするが……」

と云いながら、相変らず時計を気にして渋々と私の前の椅子に腰を落した。それから彼は上衣の裏側のポッケットを捜《さぐ》って、一枚の皺《しわ》くちゃになった西洋紙の紙片を取り出すと、それを大理石のティー・テエブルの上にひろげて、

「証拠と云うのはこの紙切れなのだ。僕は一昨日《おととい》の晩、妙な所でこれを手に入れたのだが、此処《ここ》に書いてある文字に就《つ》いて、君も定めし何かしら思い中《あた》ることがあるだろう」

と、謎《なぞ》をかけるような調子で云って、一種異様な、底気味の悪い薄笑いを浮かべながら、上眼使いにじっと私の顔を視詰《みつ》めた。

紙の面《おもて》には数学の公式のような符号と数字との交ったものが鉛筆で書き記されてあった。――6*; 48*634; ‡1; 48†85; 4‡12? ‡†45……こんな物が二、三行の長さに渡って羅列してあるばかりで、私には無論何事も思い中る筈はなく、どう云う意味やら分りもしなかった。私はその時まで園村の精神状態に就いて半信半疑の体《てい》であったが、こう云う紙切れを何処《どこ》からか拾って来て、犯罪の証拠だなどと思い詰めている様子を見ると、気の毒ながら彼が発狂していることは、もう一点の疑念を挟む余地もなかった。

「さあ、一体これは何だろうかしら？　僕は別段思い中ることもないが、君にはこの符号の意味が読めるのかね」

私は真青な顔をして、声を顫《ふる》わせて云った。

「君は文学者のくせに案外無学だなあ」

彼は突然、身を反《そ》らしてからからと笑った。そうしてさもさも得意らしい、博学を誇るらしい口吻《こうふん》で言葉を続けた。

「……君は、ポオの書いた短篇小説の中の有名な“The Gold-Bug”と云う物語を読んだことがないのかね。あれを読んだことがある人なら、此処に記してある符号の意味に気が付かない筈はないんだが。……」

私は生憎《あいにく》ポオの小説を僅《わず》かに二、三篇しか読んでいなかった。ゼ・ゴオルド・バッグと云う面白い物語のあることは聞いていたけれど、それがどんな筋であるかも知らないのであった。

「君があの小説を知らないとすると、この符号の意味が分らないのも無理はないのだ。あの物語の中にはざっとこんなことが書いてある。――昔、Kiddと云う海賊があって、アメリカの南カロライナ州の或《あ》る地点に、掠奪《りゃくだつ》した金銀宝石を埋蔵して、その地点を指示するために、暗号文字の記録を止めておく。ところが後になって、サリヴァンの島に住んでいるウィリアム・ルグランと云う男が、偶然その記録を手に入れて、暗号文字の読み方を考え出した結果、首尾よく地点を探りあてて埋没した宝を発掘する。――大体こう云う筋なのだが、その小説中で一番興味の深い所は、ルグランが暗号文字の解き方を案出する径路《けいろ》であって、それが非常に精しく説明してあるのだ。そこで、僕が一昨日手に入れたと云うこの紙切れには、明らかにあの海賊の暗号文字が使ってある。僕は、或る所に捨ててあったこの紙切れを見ると同時に、何らかの陰謀か犯罪かが裏面に潜んでいることを、想像せずにはいられなかったので、わざわざ拾って持って来たような訳なのだ」

その物語を読んでいない私には、彼の説明がどの点まで正気であるやら分らないので、残念ながら、一応彼の博覧強記に降参しなければならなかった。

「ふふん、大分面白くなって来たぞ。そうして君は、この紙切れを何処で拾ったんだね」

私は母親が子供の話に耳を傾けるような態度で、こう云って唆《そその》かした。そのくせ腹の中では、学問のある奴《やつ》が気違いになって、無学な人間を脅《おびや》かすほど始末に困るものはない。今にどんなとんちんかんを云い出すか、見ていてやれと思ったりした。

「これを拾った順序と云うのは、こうなんだ。――ちょうど一昨日の晩の七時ごろ、例によってたった独りで、僕が浅草の公園倶楽部《クラブ》の特等席に坐を占めて、活動写真を見ていたと思いたまえ。君も知っているだろうが、彼処《あすこ》の特等席は、前の二側か三側ばかりが男女同伴席で、後の方が男子の席になっている。たしかあの日は土曜日の晩で、僕が這入《はい》った時分には二階も下も非常な大入だった。僕は漸く、男子席の一番前方の列の真ん中あたりに一つの空席があるのを見付けて、其処《そこ》へ割込んで行ったのだった。つまり、僕が腰かけていた場所は、男子席と同伴席との境目にあって、僕の前列には多勢の男女が並んでいた訳なのだ。僕は最初、それらの客を別段気にも止めなかったが、暫《しばら》く立つうちに、ふと或る不思議な出来事が、自分の鼻先で行われているのを発見して、活動写真をそっちのけに、その出来事の方へ注意深い視線を向けた。僕の前にはいつの間にか三人の男女が席を取っていた。何分《なにぶん》にも場内が立錐《りっすい》の余地もなく混み合っていたし、特等席の客の中にも立ちながら見物している者が、ぎっしり人垣を作っていたくらいだから、僕の周囲は暗い上にも更に暗くなっていた………」

「………それ故僕には、その三人の風采《ふうさい》や顔つきなどは分らなかったが、彼らの一人が束髪《そくはつ》に結《ゆ》った婦人で、あとの二人が男子であると云うことだけは、後姿によって判断された。それから又その婦人の髪の毛が房々として、暑苦しいほど多量であるところから、彼女がかなり年の若い女であることも推定された。二人の男子のうちの、一人は髪の毛をてかてかと分け、一人はキチンとした角刈の頭を持っていた。三人の並んでいる順序は、一番右の端が束髪の女、真ん中が髪を分けた男、左の端が角刈の男だった。こう云う順序に並んだところから想像すると、右の端の女は真ん中の男の細君か、或は情婦か、少なくとも彼と密接の関係のある婦人であって、左の端にいる角刈は真ん中の男の友人か何かであるらしかった。――君にしたって、僕のこの想像を間違っているとは思わないだろう。こう云う場合に、もしその女が二人の男に対して、同等の関係を持っていれば、彼女は必ず二人の真ん中へ挟まるだろうし、そうでなかったら、特に関係の深い方の男が、もう一人の男と女との間へ挟まるに極《き》まっている。……ねえ、君、君だってそう思うだろう」

「はは、なるほどそうには違いないが、えらくその女の関係を気に病んだものだね」

　私は彼が、分りきったことを名探偵のような口吻で、得々と説明しているのがおかしくてならなかった。

「いや、その関係が、この話では極めて重大なのだ、僕がさっき云った不思議な出来事と云うのは、その女と左の端にいる角刈の男とが、まん中の男に知られないようにして、椅子の背中で手を握り合ったり、奇妙な合図をし合ったりしているのだ。初め女が男の手の甲へ、何か指の先で文字を書くと、今度は男が女の手へ返辞《へんじ》らしいものを書き記す。二人は長い間頻《しき》りにそれを繰り返しているのだ。………」

「ははあ、そうすると其奴《そいつ》らは、もう一人の男に内証で、密会の約束でもしていたとみえる。だがそんなことは、世間によくある出来事で、不思議と云うほどでもないじゃないか」

「………僕はどうかしてその文字を読みたいと思って、じっと彼らの指の働きを視詰めていた。………」

園村は私の冷やかし文句などは耳に這入《はい》らないかのごとくなおも熱心に自分独りでしゃべっていった。

「………彼らの指は、疑いもなく、極めて簡単な字画の文字を書いていた。僕は容易に、彼らが片仮名を使って談話を交換していることを、発見してしまったのだ。それに大変都合のいいことには、真ん中の男が、あたかも僕のすぐ前の椅子に腰かけていて、その左右に彼ら二人がいたものだから、出来事は全く僕の真正面で行われていたんだ。で、僕が片仮名だと気が付いた途端に、女は又もや男の手の上へそろそろと指を動かし始めた。僕の瞳は、貪るようにして彼女の指の跡を辿《たど》って行った。その時僕が読み得た文句は、クスリハイケヌ、ヒモガイイと云う十二字の言葉だった。しかもその文字が男にはなかなか通じなかったとみえて、女は二度も三度も丁寧に書き直して執拗《しつこ》く念を押した。男はようようその意味が分ると、やがて女の手の上へイツガイイカと書いた。二、三ニチウチニと女が返辞をしたためた。……その時まん中の男が、偶然に少し体を反らしたので、二人は慌てて手を引込めて、何喰《なにく》わぬ顔で活動写真に見惚《みと》れているようだった。彼らの秘密通信は、残念ながらそれでおしまいになったのだが、しかし、クスリハイケヌ、ヒモガイイと云う十二字の文句は、果して何を暗示しているだろう。イツガイイカとか、二、三ニチウチニとか云う文句だけなら、密会の約束をしているのだと推定することもできるけれど、クスリだのヒモだのが密会の役に立つ筈はない、女は明らかに、男に向って恐ろしい犯罪の相談をしているのだ。『毒薬よりも紐《ひも》を使って、……』と彼女は男に指図しているのだ」

園村の説明は、もし彼の精神状態を知らない者が聞いたならば、どうしても真実としか思われないような、秩序整然とした、理路の通った話し方であった。私にしてもうっかりしていれば、「おや、ほんとうかな」と、釣り込まれそうになるのであった。けれどもよく考えてみると、たとえ暗闇《くらやみ》だとは云え、多勢の人間のいる中で、片仮名で人殺しの相談をするなんて、そんな馬鹿な真似をする奴が、ある訳のものではない。やっぱり園村が一種の幻覚に囚《とら》われて、何か別の意味を書いていたのを、自分の都合のいいように読み違えたのだろう。私は一言の下に彼の妄想を打破してやろうかと思ったが、彼の気違いがどの程度まで発展するか、その様子を飽《あ》くまで観察してやろうと云う興味もあって、わざと大人《おとな》しく口を噤《つぐ》んでいた。

「……そうだとすると、僕は恐ろしいよりも寧《むし》ろ面白くなって、何とかしてもう少し彼らの密談を知りたかった。何時《いつ》の幾日に何処で彼らの犯罪が行われるのか、それが分りさえすれば、密《ひそ》かに見物してやりたいと云う好奇心が、むらむらと起って来た。すると、暫く立って、好い塩梅《あんばい》に二人の手は再び椅子の背中の方へ、次第次第に伸びて行った。が、今度は女の手の中に小さな紙が丸めてあって、それが男の手へそうッと渡されると、二人は又もとの通りに手を引込めてしまった。その光景をまざまざと見ていた僕が、どれほど紙切れの内容に憧《あこが》れたかは、君にも恐らく想像ができるだろう。――男は紙切れを受け取ると、大方それを読むためなんだろう、間もなく便所へ行くような風をして、席を立って行ったが、五分ばかりすると戻って来て、その紙切れをくちゃくちゃに口で噛《か》んで、鼻紙を捨てるように極めて無造作に、椅子の後へ、即《すなわ》ち僕の足下《あしもと》へ投げ捨てたのだ。僕はそれをこっそりと靴の底で踏みつけた」

「だがその男も随分大胆な奴だねえ。便所へ行ったくらいなら、便所の中へ捨てて来ればよかったろうに」

と、私は冷やかし半分に云った。

「その点は僕も少し変だと思うんだけれど、多分便所へ捨てるのを忘れてしまって、急に思い出して其処へ捨てたのじゃないかしらん？　それにこの通り暗号で書いてあるのだから、何処へ捨てたって大丈夫だと云う積りだったのだろう。まさかこの暗号の読める奴が、つい眼の前に控えていようとは考えられないからね」

こう云って彼はにこにこ笑った。

ちょうど時計が五時を打ったが、好い塩梅に彼は気が付かないらしく、全然話に没頭している様子であった。

「………写真が終って場内が明るくなったら、僕は三人の風采をつくづく見てやろうと思っていたんだが、彼らはそれまで待ってはくれなかった。角刈の男が紙切れを捨てると、女はわざと溜息《ためいき》をして、つまらないからもう出ようじゃありませんかと、真ん中の男を促しているようだった。女の声はいかにも甘ったるく、我が儘《わまま》な、そだだを捏《こ》ねているような口振《くちぶり》だった。彼女がそう云うと、角刈が一緒になって、そうだな、あんまり面白くない写真だな、君、出ようじゃないかと、相応じたらしかった。二人に急《せ》き立てられながら、真ん中の男も不承不承に座を離れて三人はとうとう出て行ってしまった。前後の様子から察すると、二人は初めから活動写真を見る気ではなく、ただ暗闇と雑沓《ざっとう》とを利用して、秘密の通信を交すために、其処へ這入って来たに過ぎないのだ。しかし彼らがいなくなったお蔭で、僕は易々《やすやす》とこの紙切れを拾うことができた」

「で、その紙切れに書いてある暗号文字はどう云う意味になるのだか、それを聞かせて貰おうじゃないか」

「ポオの物語を読めば雑作《ぞうさ》もなく分るんだが、此処《ここ》に記してあるいろいろの数字だの符号だのは、みんな英語のアルファベットの文字の代用をしているんだ。たとえば数字の5はaを代表し、2はbを代表し3はgを代表している。それから符号の†はdを表し*はnを表し、;はtを表し?はuを表している。そこで、この暗号の連続をＡＢＣに書き改めて、適当なパンクチュエーションを施してみると、一種奇妙な、こう云う英文が出来上る。――

in the night of the Death of Buddha, at the time of the Death of Diana, there is a scale in the north of Neptune, where it must be commited by our hands.

いいかね、こう云う文章になるのだ。尤《もっと》もこの中にあるWと云う字は、ポオの小説の記録には載っていないんだから、彼らはWの代りにVの暗号を使っている。それからこの中のDやBやNの花文字は君に分りいいように僕が勝手に書き直したので、別に特殊な花文字の符号がある訳ではない。ところでこれを日本文に翻訳すると先ずこうなるね。――

仏陀の死する夜、

デイアナの死する時、

ネプチューンの北に一片の鱗《うろこ》あり、

彼処《かしこ》においてそれは我れ我れの手によって行われざるべからず。

ね、こうなるだろう。一見すると何のことやら分らないが、よく考えると、だんだん意味がはっきりして来る。『仏陀の死する夜』と云うのは、六曜《ろくよう》の仏滅にあたる日の晩と云うことなんだろう。今月の内に仏滅にあたる日は四、五日あるが、一昨日の晩に女が二、三ニチウチニと書いたところから察すると、ここで仏滅の日と云うのは、正《まさ》しく今日のことに違いない。次に『デイアナの死する時』と云う文句がある。これは恐らく、デイアナは月の女神だから、月が没する時刻を指しているのだろう。それで、今夜の月の入りは何時かと云うと、夜半《よなか》の午前一時三十六分なのだ。ちょうどその時刻に、彼らの犯罪が行われるのだ。それから面倒なのはその次の文句、『ネプチューンの北に一片の鱗あり』と云う言葉だ。これは明らかに場所を指定してあるのだが、この謎が解けなかったら、とても殺人の光景を見物する訳にはいかない。………

ネプチューンと云う名詞が、全く僕らの想像も及ばない、彼らの間にのみ用いられている特有な陰語だとすれば、甚《はなは》だ心細い訳だが、前のデイアナだの、仏陀などから考えると、必ずしもそんなむずかしいものではなさそうに思われる。ネプチューンと云うのは海の神、もしくは海王星を意味している。だからきっと、海或は水に縁のある場所に違いないと僕は思った。その時ふいと僕の念頭に浮かんだのは向島の水神《すいじん》だった。君も御承知の通り、あの辺は非常に淋《さび》しい区域だから、そう云う犯罪を遂行するには究竟《くっきょう》の場所柄でなければならない。『ネプチューンの北に一片の鱗あり』――――してみると、水神の祠《ほこら》か、でなければ八百松《やおまつ》の建物の北の方に鱗形の△こう云う目印を付けた家だか地点だかがあるのだろう。『水神の北』と云う、極めて漠然たる指定だけしかない以上、その目印は案外たやすく発見される場所にあるように考えられる。『彼処においてそれは我れ我れの手によって行われざるべからず』――――この場合の『それは』と云う代名詞が殺人の犯罪を指していることは敢《あえ》て説明するまでもないだろう。『行われざるべからず』——must be committed の、commit と云う字の意味から考えても、犯罪事件であることは分りきっている。『我れ我れの手によって』と云うのは、その女と角刈の男との両人が力を協《あわ》せて、と云うことなんだ。クスリハイケヌ、ヒモガイイと云う言葉と対照すれば、いよいよこの謎は明瞭《めいりよう》になって来る。もはや一点の疑念を挟む余地もないのだ。ここに犯罪の犠牲者となるべき人間のことが、書いてないのは惜しいような気がするけれど、あの晩の出来事から推定すると、大方三人のまん中にいた髪をてかてか分けた男が、付け狙《ねら》われているのだろう。尤もその犠牲者が誰であろうと、別段僕らの問題にはならない。僕らはただこの暗号の謎を解いて、場所と時刻とを突き止めて、彼らの仕事を物蔭《ものかげ》から見物することができさえすれば沢山なのだ。そこで、今から僕らの取るべき行動は、向島の水神の付近へ行って、鱗の目印を探しあてることにあるのだ。——さあ、もうこれだけ説明したら、事件がいかに破天荒《はてんこう》な、興味の深いものであるか分っただろう。そうして目下の場合、僕らにとっていかに時間が大切であるかと云うことも、君は考えてくれなくてはいけない。僕はさっきからこの事件を君に報告するために、一時間半も貴重な時を浪費してしまった。

……………」

なるほど、そう云われてみると、既に時計は五時半になっていたが、六月の上旬の長い日脚《ひあし》は、まだ容易に傾きそうなけはいもなく、洋館の窓の外は昼間のように明るかった。

「浪費したことは浪費したが、お蔭で大変面白い話を聞いた。君はそれにしても、一昨日から今日までの間に、鱗の目印を探しておけばよかったじゃないか」

こう云いながら、私はこの場合、彼に対してどう云う処置を取ったものかと途方にくれた。私はそぞろ、一旦忘れていた昨夜からの徹夜の疲れを感じ始めたので、成ろうことなら彼のお供を断りたかった。これからわざわざ向島まで出かけて行って、めあてのない探偵事業の助手を勧めるなぞは、考えてみても馬鹿馬鹿しかった。そうかと云って、彼を独りで手放すのは、なおさら安心がならないのであった。

「そりゃ、君に云われるまでもなく、僕は昨日の朝から一日かかって、水神の付近を隈《くま》なく捜索したんだが、鱗の目印は何処《どこ》にもないんだ。そうしてみると、多分その目印は犯罪の行われる当日にならなければ、施されないものなのだ。彼女はきっと、今朝になってから何処かあの付近へ目印を付けたに違いない。尤も僕は昨日のうちに、大概この辺ではあるまいかと思われるような場所を二つ三つ物色しておいたから、今日はそれほど骨を折らずに見付かるだろうと予期している。しかし何にしても暗くなっては不便だから、すぐに出かけるに越したことはない。さあ立ちたまえ、早くしよう。そうして用心のために、君もこれを持っていきたまえ」

こう云って、彼はデスクの抽《ひ》き出《だ》しから一梃《いっちょう》のピストルを取って、それを私の手に渡した。

彼がこれほど熱心に、これほど夢中になっているものを、止《と》めたところでどうせ断念する筈《はず》はない。要するに彼の妄想を打破するためには、やっぱり彼と一緒に向島へ行って、今日になっても鱗の目印などは何処にもないことを証明してやるのが一番適切である。そうしたら如何《いか》に園村が気が変になっていても、自分の予想の幻覚に過ぎなかったことを悟るだろう。私はそう気が付いて、すなおにピストルを受け取りながら、

「それじゃいよいよ出かけるかな。シャアロック・ホルムスにワットソンと云う格だな」

こう云って機嫌よく立上った。

お成門の傍から自動車に乗って、向島へ走らせる途中においても、園村の頭は依然としてその妄想にばかり支配されていた。ソフトの帽子を眼深《まぶか》に被《かぶ》って、腕を組みつつじっと考え込んでいるかと思うと、忽ち次の瞬間には元気づいて、

「………今夜になれば分ることだが、それにしても君、この犯罪者は一体どう云う種類の、どう云う階級の人間だろうね。せめてあの晩に、彼奴《あいつ》らの服装ぐらい確かめておけばよかったんだが、どうも真暗で見分けがつかなかったんだよ。とにかく、ポオの小説にある暗号文字を使ったりなんかしているんだから、決してあの女も男も無教育な人間ではないね、いや無教育どころか、かなり学問のある連中だね。………ねえ君、君はそう思わないかい」

などと云った。

「うん、まあそうだろうな。案外上流社会の人間かも知れないな」

「けれどもまた、一方から考えてみると上流社会の人間ではなくって、或る大規模な、強盗や殺人を常識とする悪漢の団員のようにも推定される。それでなければ、ああ云う暗号文字などを使用する訳がない。あの暗号文字は、かなり面倒なものだから、僕のような素人《しろうと》が読むには、一々ポオの原本と照らし合わせていかなければならない。ところがこの間の角刈の男は、僅か五、六分の間に便所の中であれを読んでしまったのだ。してみると彼らは、あの暗号を年中使用していて、僕らがABCを読むと同じ程度に、読み馴《な》れているに違いない。畢竟《ひっきょう》彼らは、暗号を使わなければならないような悪い仕事を、今までに何回となく繰り返しているのだ。

……さあ、そうなって来ると、彼らはなかなか一と通りの悪漢ではないように感ぜられる」

われわれを乗せた自動車は、日比谷公園の前を過ぎて馬場先門外の濠端《ほりばた》を、快速力で疾駆《しっく》している。

「しかしまあ、彼らが何者であるか分らないところが、僕らにとっては又一つの興味なのだ。………」

と、園村は更に語り出した。

「………僕は最初、彼らの犯罪の動機となっているものは、恋愛関係であろうと思っていたけれど、彼らがもし、恐るべき殺人の常習犯であるとすれば、恋愛以外に何らかの理由が伏在しているのかも測りがたい。いずれにしても、僕らにはただ、今夜の午前一時三十六分に、向島の水神の北において、何者かが何者かに紐をもって絞殺されると云うことだけしか分っていないのだ。そこが著しく僕らの好奇心を挑発する点なのだ。………」

自動車は既に丸の内を脱《ぬ》けて、浅草橋方面へ走って行った。

＊　　＊　　＊　　＊

それから三時間ほど過ぎた、晩の八時半ごろのことである。私は、気の毒なくらい鬱《ふさ》ぎ込んで、黙々として項垂《うなだ》れている園村を、再び自動車に乗せて芝の方へ帰って行った。

「………ねえ君、だからやっぱり何かしら君の思い違いだったんだよ。どうも君の様子を見るのに、この頃少し昂奮しているようだから、なるべく神経を落ち着けるようにしたまえ。明日からでも早速何処かへ転地をしたらどうだろう」

私は車に揺られながら、むっつりと面を膨らせて考え込んでいる園村を相手に、頻りにこう云って説き諭《さと》していた。

実際、その日の夕方、六時から八時過ぎまで私は園村に引《ひ》き擦《ず》り廻されて、水神の近所をぐるぐると探し廻ったが、案《あん》の定《じょう》鱗の目印などは見付からなかった。それでも園村は飽くまで剛情を張って、見付けないうちは家へ帰らないと称していたのを、私は散々に云い宥《なだ》めて、やっとのことで捜索事業を放棄させたのである。

「僕はほんとうにこの頃どうかしている。君にそう云われると、何だか気違いにでもなったような気がする。………」

と、園村は沈んだ声で呻《うめ》くように云った。

「………だがしかし、どうも不思議だ。どうしたって、あすこいらに目印がなければならない筈なんだが、……僕がいかに神経衰弱にかかっていたって、一昨日の晩のことは間違いがある訳はない。もし僕に何らかの間違いがあるとすれば、あの暗号の文字の読み方か、或はあの文章の謎の解き方に就いて、何処かで錯誤をしているのだ。とにかく僕は内《うち》へ帰って、もう一遍よく考え直してみよう」

彼がこう云って、未《いま》だに妄想を捨ててしまわないのが、私には腹立たしくもあり、滑稽にも感ぜられた。

「考え直してみるのもよかろうが、こんな問題にそれほど頭を費《ついや》したってつまらんじゃないか。たとえ君の想像が実際であったにもせよ、そんなに骨を折ってまで突き止める必要はありはしない。僕は昨日から一睡もしないので、今日はひどく疲れているから、この辺で一《ひ》と先《ま》ず君と別れて、内へ帰って寝ることにする。君も好い加減にして今夜は早く寝る方がいい。明日の朝遊びに行くから、それまで決して、独りで内を飛び出さないようにしたまえよ」

いつまで彼に付き合っていても際限がないから、私は浅草橋で自動車を降りて、九段行きの電車に乗った。全く狐につままれたようで、何だか一時にがっかりしてしまった。向島へ着いてから三時間の間、彼は捜索に夢中になって、私に飯さえ食わせなかったので、急に私はたまらない空腹を覚え始めた。が、その空腹も、神保《じんぼう》町《ちょう》で巣鴨《すがも》行きに乗り換えた時分から、俄《にわか》に襲って来た睡気《ねむけ》のために分らなくなってしまった。そうして小石川の家へ着くや否や、いきなり床《とこ》を取らせて死んだようにぐっすり眠った。

それから何時間ぐらい眠った後だか分らないが、表門の戸を頻りにとん、とん、と叩《たた》くらしい物音を、私は半分夢の中で聞いた。ぶうぶうと云う自動車の喘《あえ》ぎも聞えた。

「あなた、誰かが表を叩いているようだけれど、今時分誰が来たんでしょう。自動車へ乗って来たようだわ」

こう云って、妻は私を呼び起した。

「ああ、又やって来たか、あれはきっと園村だよ。先生この頃少し気が変になっているんだよ。ちょッ、困っちまうなあ」

私は拠《よ》んどころなく睡い眼を擦《こす》り擦り起き上って、門口へ出て行った。

「君、君、ようよう僕は今、場所を突き止めて来たんだよ。ネプチューンと云うのは水神じゃなくて、水天宮《すいてんぐう》のことだった。僕は誤解をしていたのだ。水天宮の北側の新路《しんみち》で、やっと鱗の目印を見付け出した」

私が門の潜《くぐ》り戸《ど》を細目に明けると、彼は転げるように土間へ這入《はい》って来て、私の耳に口をあてながらひそひそとこんなことを囁《ささや》いた。

「さて、これからすぐに出かけようじゃないか。今ちょうど十二時五十分だ。もうあと四十六分しかないのだから、僕ひとりで行こうかと思ったんだけれど、約束があるからわざわざ君を誘いに来たのだ。さあ、大急ぎで支度をして来たまえ。早くしようよ」

「とうとう突き止めたかね。だが、もう十二時五十分だとすると、今から行ってもうまく見られるかどうか分らないね。あべこべに其奴《そいつ》らに見付かったりなんかすると危険だから、君も止《よ》したらいいじゃないか」

「いや、僕は止さない。見ることができなかったら、せめて門口にしゃがんでいて、絞め殺される人間の呻《うな》り声《ごえ》だけでも聞きたいもんだ。それに、僕がさっき見て来たところでは、目印の付いている家は小さな平屋《ひらや》で、二た間ぐらいしかない、狭っ苦しい住居なんだ。おまけに夏だもんだから、障子も何も取り払って、一、二枚の葭《よし》簀《ず》と簾《すだれ》が懸っているだけなんだ。そうして君、裏口の方に大きな肘掛窓《ひじかけまど》があって、其処《そこ》の雨戸も節穴や隙間だらけで、其処から覗《のぞ》くと内の中が見透しになると来ているんだから、恐ろしく都合がいいじゃないか。――さあ、こんな話をしているうちにもう十分立っちまった。今ちょうど一時だ。行くのか行かないのか早くしたまえ。君がいやなら僕は独りで行くんだから」

誰がそんな所で人殺しなんぞする奴があるもんかと、私は思った。だが咄嗟《とっさ》の場合、私は彼を独りで放り出す訳にもいかないので、迷惑千万な話であるが、やっぱり一緒に付いて行くより仕方がなかった。

「よろしい、待ちたまえ、すぐに支度をして来るから」

私は室内へ取って返して、大急ぎで服を着換えた。

「どうしたんです、あなた、この夜半《よなか》に何処《どこ》へおいでになるんです」

妻は目を円くして云った。

「いや、お前にはまだ話さなかったが、園村の奴が二、三日前から気が狂って来て、妙なことばかり云うので、弱ってるんだ。今夜もこれから、人形町の水天宮の近所に人殺しがあるから見に行こうと云うんだ」

「いやだわねえ、気味の悪いことを云うのねえ」

「それよりも夜半に叩《たた》き起されるのは閉口だよ。しかしウッチャラかしておくと、どんな間違いをしでかすかも知れないから、何とか欺《だま》して芝まで送り届けて来よう。どうも全くやりきれない」

私は妻に云い訳をして、彼と一緒に又しても自動車に乗った。

深夜の街は静かであった。自動車は白山上から一直線に高等学校の前へ出て、本郷通りの電車の石畳の上を、快く滑走して行った。私はまだ、夢を見ているような気持ちであった。

入梅前の初夏の空は、半面がどんよりとした雨雲に暗澹《あんたん》と包まれて、半面にチラチラと睡《ねむ》そうな星が瞬《またた》いていた。

「もう十七分！　十七分しかない！」

と、松住町の停留場を通り過ぎる時、園村は懐中電燈で腕時計を照らしながら云った。

「もう十二分！」

と、彼が再び叫んだ時、自動車は彼の頭のように気違いじみた速力で、急激なカーヴを作りながら、和泉橋の角を人形町通りの方へ曲って行った。

私たちは、わざと竈河岸《へッついがし》の近所で自動車を捨てて、交番の前を避けるために、そこからぐるぐると細い路次《ろじ》をいくつも潜《くぐ》った。あの辺の地理に精《くわ》しくない私は、園村の跡について真暗な狭い道路を、すたすたと出たり這入《はい》ったりしたので、未だに其処がどの方角のどう云う地点に方《あた》っているか、はっきりとは覚えていない。

「おい、もうすぐ其処だから、足音を静かにしたまえ！　それ！　その五、六軒先の家だ」

黙って急ぎ足で歩いていた園村が、こう云って私にひそひそと耳打ちをしたのは、むさくろしい長屋の両側に並んでいる、溝板《どぶいた》のある行き止まりの路次の奥であった。

「どれ、どこの家だ、どこに鱗の目印が付いているんだ」

すると、私のこの質問には答えずに、園村は立ち止まってじっと腕時計を視詰《みつ》めていたが、忽《たちま》ち低いかすれた声に力を入れて、

「しまった！」

と云った。

「しまった！　しまったことをした！　時間が二分過ぎちまった。もう三十八分だ」

「まあいいから目印は何処にあるんだ。その目印を僕に教えたまえ」

私は、彼がこんなに熱中している以上、せめて鱗形に似通ったようなものが、何かしらその辺にあるのだろうと思ったので、こう追究したのであった。

「目印なんぞはどうでもいい。後でゆっくり教えてやるからぐずぐずしてないで此方《こっち》へ来たまえ。此方だ此方だ」

彼は遮二無二《しゃにむに》私の肩を捕えて、右側にある平屋《ひらや》と平屋との間隙の、殆《ほとん》ど辛《かろ》うじて

体が這入れるくらいな窮屈な廂合《ひあわい》へ、ぐいぐいと私を引っ張って行った。と、何処かに五味溜《ごみため》の箱があるものとみえて、真暗な中でいろいろな物の醱酵《はっこう》した不快な臭《にお》いが、ぷーんと私の鼻を衝いた。それから耳朶《みみたぼ》の周りに蜘蛛《くも》の巣が引っ絡まって、かすかにぷすぷすと破れたようであった。私より五、六歩先に進んで行った園村は、いつの間にか其処に彳《たたず》んで、息を凝らしつつ、左側の雨戸の節穴へ顔を押しつけていた。

廂合の右側の方は一面の下見《したみ》であって、左側の、――園村が今しも顔を押しあてている所にはなるほど彼が先刻話した通りに、大きな肘掛窓があって、節穴や隙間だらけの雨戸が嵌《は》まっているらしく、其処から室内の明りがちらちらと洩《も》れて輝いていた。その光線の強さから判断すると、家の中には極めて明るい眩《まばゆ》い電燈が煌々《こうこう》と燈《とも》っているかのごとく想像された。私は何の気もなく近寄って行って、園村と肩を並べながら、一つの節穴に眼をあてがって見た。

節穴の大きさは、ちょうど拇指《おやゆび》が這入るぐらいなものであったろう。今まで戸外の闇《やみ》に馴れていた私の瞳は、其処から中を覗き込んだ瞬間に、度《ど》ぎつい電燈の光に射られたので、暫《しばら》く視力が馬鹿になって、ただ眼前に二、三の物影がちらつくのを、ぼんやり眺めただけであった。私にはむしろ、自分の傍に立っている園村の、激しい息づかいがよく分った。そうして死んだような静かさの中に、彼の腕時計のチクタクと鳴るのが、さながら昂奮した動悸のように感ぜられた。

が、一、二分の間に、だんだん私の視力は恢復《かいふく》しつつあるらしかった。最初に私の見たものは、縦に真直にするすると伸びている、恐ろしく真白な柱のようなものであった。それが此方へ背中を向けて据《す》わっている一人の女の、美しい襟足の下に続く長い項《うなじ》の肉の線であると気がつくまでには、更に数秒の経過があったかと覚えている。実を云うと、その女の位置があまりに窓際近く迫っていて、殆ど節穴を蔽《おお》わんばかりになっていたので、それを人間の後姿だと識別するのは、かなり困難な訳であった。私は纔《わず》かに、潰《つぶ》し島田《しまだ》に結った彼女の頭部から、黒っぽい絽《ろ》お召《めし》の夏羽織を纏《まと》うた背筋の一部分を見たばかりで、腰から以下の状態は私の視界の外に逸していたのである。

さまで広くもない部屋の中には、どう云う訳か非常に強力な、少なくとも五十燭光《しょっこう》以上かと思われる電球が燈っている。私が始めに、女の項を真白な柱のように感じたのは無理もないので、少し俯向《うつむ》き加減に据わっている彼女の襟頸《えりくび》から抜《ぬ》き衣紋《えもん》の背筋の方へかけて、濃い白粉《おしろい》をこってりと塗り着けた漆喰《しっくい》のような肌が煌々たる電燈の下に曝《さら》されながら燃ゆるがごとく反射しているのである。私と彼女との距離がいかに近接していたかは、彼女の衣服に振りかけてあるらしい香水の匂《にお》いが、甘く柔かく私の鼻を襲いつつあったのでも大凡《おおよそ》想像することができる。私は実際、彼女の髪の毛の一本一本を数え得るほどに思ったのであった。その髪の毛はたった今結ったばかりかと訝《あや》しまれるくらいな水々しい色光沢《いろつや》を帯びて、鳥の腹部のようにふっくらと張った両鬢《りょうびん》にも、すっきりとした、慄《ふる》いつきたいような意気な恰好《かっこう》をした髱《たぼ》にも、一と筋の乱れさえなく、まるで鬘《かずら》のように黒くてかてかと輝いている。彼女の顔を見ることのできないのは残念であるが、しかしその撫《な》で肩《かた》のなよなよとした優しい曲線と云い、首人形の首のようにほっそりと衣紋から抜けでている襟足と云い、耳朶の裏側から生《は》え際《ぎわ》を縫うて背中へ続いていくなまめかしい筋肉と云い、単に後姿だけでも、彼女が驚くべき艶冶《えんや》な嬌態《きょうたい》を備えた婦人であることは、推量するに難《かた》くなかった。こんな意外な場所で、こんな美しい女の姿に会っただけでも、この節穴を覗《のぞ》いたことは徒労でなかったと私は思った。

ここで私はもう少し、彼女を見た刹那《せつな》の印象と、最初の一、二分間の光景とを記載しておく必要がある。たとえ園村の抱いている予想が間違いであるにもせよ、真《ま》夜半《よなか》の今時分に、こう云う女がこう云う風をして、こんな所にじっとしていると云う事実は、とにかく不思議であらねばならない。彼女の頭が潰し島田であることから判断すると、彼女は決して白人《しろうと》の女ではないらしく、芸者か、さもなければそれに近い職業の者であることは明らかである。髪の飾りや衣裳の好みが派手で贅沢で、近頃の花柳界の流行を追うている点から察するに、芸者にしても場末の者ではなく、新橋か赤坂辺の一流の女であろう。それにしても彼女は、其処にそうやったまま全体何をしているのか、私にはまるきり見当が付かない。私はさっき、「こんな所でじっとしている」と書いたが、彼女は全く活人画《かつじんが》のように身動きもしないで、文字通り「じっとしている」のである。あたかも私が節穴を覗き込んだ瞬間に凝結してしまったごとく、項を伸ばしてうつむいたなり、化石のように静まっているのである。——事に依ったら、彼女は戸外の足音に気が付いて、俄に息を凝らしつつ、耳を澄ましているのではなかろうか。——私はふとそう考えたので、慌《あわ》てて節穴から眼を放しながら、園村の方を顧みると、彼は依然として熱心に顔をあてがっている。

とたんに、今までひっそりとしていた家の中でたしかに何者かが動いたらしく、みしり、みしり、と、根太《ねだ》の弛《ゆる》んだ畳を踏みつける音が、微《かす》かに響いたようであった。園村の狂気を嘲《あざけ》りながらも、いつの間にか好奇心に囚《とら》われていた私は、その物音を聞きつけるや否や、再びふらふらと誘い込まれて眼を節穴へ持って行った。

ほんのちょいとの間——たった一秒か二秒の間であるが、その隙《すき》に女の位置と姿勢とは多少の変化を来たしていた。恐らく今の物音はそのためであったのだろう。節穴の前に塞《ふさ》がっていた彼女は、斜めに畳一畳ほどを隔てて、部屋の中央に進み出た結果、私の眼界は余程拡《ひろ》げられて、室内の様子が殆ど残らず見えるようになっている。ちょうど私の彳《たたず》んでいる窓の反対の側、——向って正面の所は、普通の長屋にあるような、腰張りの紙がぼろぼろに剝《は》げかかった黄色い壁であって、左側は簾、右側は葭簀の向うに縁側が付いていて、外には雨戸が締めてあるらしい。さっきから、彼女の頭の蔭《かげ》に何か白い物がちらつくように感じたが、今になってみると、それは手拭《てぬぐ》い浴衣《ゆかた》を着た一人の男が、彼女の左の方に、ぺったりと壁に寄り添うて、此方《こっち》を向きながら立っているのである。男の年頃は十八、九、多くも二十を越えてはいないだろう。髪を角刈にした、色の浅黒い、背の高い、何処となく先代菊五郎を若くしたような俤《おもかげ》を持った青年である。私が特に先代菊五郎に比《たと》えた所以《ゆえん》は、その青年の容貌《ようぼう》が昔の江戸っ子の美男子を見るようにきりりと引《ひ》き緊《し》まっているばかりでなく、涼しい長い眸《ひとみ》とやや受け口に突き出ている下唇の辺りに、妙に狡猾《こうかつ》な、髪結新三《かみゆいしんざ》だの鼠小僧《ねずみこぞう》だのを連想させる下品さと奸黠《かんかつ》さとが、遺憾《いかん》なく露《あら》われていたからである。

男の顔には怒るとも笑うとも付かない、落ち着いているようでしかも何事をか焦慮しているような、不可解な表情がありありと浮かんでいる。が、それよりも更に不可解なのは、彼の場所から一、二尺離れた、左の隅に立ててある真黒な案山子《かかし》のような恰好の物体である。私は暫く案山子の正体を極《きわ》めるためにいろいろに体をひねらせて眼球の位置を変えなければならなかった。

よくよく注意すると、案山子は黒い天鵞絨《びろうど》の布を頭から被《かぶ》って、三本の脚で立っているのである。――どうしてもそれは写真の機械であるように思われる。この狭い室内に強力な電燈が燈されていることや、女が身動きもせずにいることから考えると、或《あるい》は男が彼女の姿を写真に取ろうとしているのであるらしい。けれども彼らは何の必要があって、わざわざこんな夜更けに、こんな薄穢《うすぎたな》い部屋の中で、写真を取ろうとするのだろう。何か秘密に写さなければならない理由があるのだろうか？

私は当然、この男が、或《あ》る忌まわしい密売品の製造者であって、今しもこの女をモデルにして、それを作ろうとしている最中であることを想像した。それで始めてこの場の光景が解釈された。

「何だ馬鹿馬鹿しい。園村の奴、己《おれ》を大変な所へ引っ張って来たものだ。もう好い加減に彼奴《あいつ》も気が付いただろう」

私は園村の肩をたたいて「飛んだ人殺しが始まるぜ」と云ってやりたいような気がした。事件の真相が分ってみれば、彼の予想の全然外れていたことは明らかになったものの、私の好奇心は更に新たな方面へ向ってむらむらと湧《わ》き上るのであった。昨日の午後から名探偵のお供を云い付かって東京市中を散々引《ひ》き擦《ず》り廻《まわ》された揚句《あげく》、こんな滑稽な場面に打《ぶ》つかったかと思うとおかしくもあるが、一概に笑ってしまう訳にはいかなかった。人殺しではないまでも、やっぱりそれは一種の小さな犯罪である。その光景が将《まさ》に演ぜられんとするのを、夜陰に乗じて戸の隙間から窃《ぬす》み視《み》ると云うことは、私をして殺人の惨劇に対すると同様な、名状しがたい恐怖を覚えしめ、緊張した期待の感情を味わわせるのに十分であった。私は普通の潔癖からでなく、むしろ全身に襲い来る戦慄《せんりつ》のために、危《あやう》く顔を背《そむ》けようとしたくらいであった。

しかし、写真の機械は其処《そこ》に、ぽつねんと据《す》えてあるばかりで、男は容易に手を下しそうもない。彼は相変らず突き当りの壁に凭《もた》れて、女の方を意味ありげに視詰めているのである。そうして私がこれだけの観察をする間、彼も女と同じように身動きをする様子がなく、じっと立ったまま、例の佞悪《ねいあく》な狡《ずる》そうな瞳を、活人形のガラスの眼玉のごとくぎらぎらと光らせている。女の姿勢は、以前の通りの後ろ向きではあるが、今度は膝《ひざ》を崩して横倒しに据わった腰から下がよく見えている。畳に垂れている羽織の裾《すそ》の隅から、投げ出した右の足の先の、汚れ目のない白足袋《しろたび》の裏が半分ばかり露われて、その上に長い袂《たもと》の端がだらりと懸っている。さっき、纔《わず》かに彼女の上半身を窺《うかが》っただけであった私は、全身を見るに及んでいよいよ彼女の悽艶《せいえん》な体つきが自分を欺《あざむ》かなかったことを感じた。何と云うなまめかしい、何と云うしなやかな姿であろう。寂然と身に纏うた柔かい羅衣《うすもの》の皺《しわ》一つ揺るがせずに据わっているにも拘《かかわ》らず、そのなまめかしさとしなやかさとは体中の曲線のあらゆる部分に行きわたっていて、何かこう、蛇がするするとのた打ってでもいるような滑らかな波が這《は》っているのである。驚愕《きようがく》の眼を瞠《みは》りながら眺めていれば眺めているほど、私の胸には、嫋々《じようじよう》たる音楽の余韻が沁《し》み込むように、恍惚《こうこつ》とした感覚が一杯に溢《あふ》れて来るのであった。

私の瞳がどれほど執拗《しつよう》に、どれほど夢中に、彼女の嬌態へ吸いついていたかと云うことは、部屋の右の方にある図抜けて大きな金盥《かなだらい》が、その時まで私の注意を惹《ひ》かなかったのでも明らかであろう。実際、この部屋にこんな大きな金盥が置いてあるのは、写真の機械よりも一層不可思議な謎《なぞ》であって、この女さえいなかったら、私は疾《と》うに気が付いている筈であった。金盥とは云うもののそれは西洋風呂のタッブほどの容積を持った、深い細長い、瀬戸引きの楕円形《だえんけい》の入れ物で、縁側に近い葭簀の前の畳の上に、直《じか》にどっしりと据えられているのである。

彼らは一体、この盥を何に使おうとするのだろう。こう云う場所に据え付けてある以上、勿論《もちろん》沐浴《もくよく》の用に供するのでないことはたしかである。……一方に写真の機械があって一方に金盥がある。そうして真ん中に女が据わっている。全体何を意味するのだろう？……こう考えて来ると私にはだんだん盥の用途が判然して来るような心地がした。つまり彼らは、「美《び》人《じん》沐浴《もくよく》之《の》図《ず》」とでも云うような場面を写そうとしているのに違いない。それにしては、女が着物を着ているのは変であるが、今にそろそろ支度に取りかかるのだろう。彼らがさっきから黙ってじっとしているのは、大方写真の位置を考えているのだろう。そうだ、きっとそうに違いない。そう断定するより外《ほか》に、この場の謎を解く道はない。……

私は独りで合点しながら、なおも彼らの態度を見守っていた。が、彼らはなかなか用意にかかりそうな風もない。女はいつまでもいつまでも元の通りに据わったまま俯向いている。男も棒のように突ッ立ったきり女の姿を睨《にら》んでいる。しんとした、水を打ったような深夜の静かさの中に、この室内で音もなく動いているたった一つの物は、男の瞳だけである。その瞳も、一途《いちず》に女の胸の辺から膝の周囲へじろじろと注がれるだけで、決して外《ほか》を見ようとはしないらしい。写真を写すために位置を選定しているにしては、あまりに奇怪な眼の動き方である。私は一応念のために、その瞳から放たれる鋭い毒々しい視線を伝わって、男の注意が何処《どこ》に集まっているのかを検《しら》べてみた。

何度見直しても、どう考えても、男の視線は疑いもなく女の胸から膝の上に彷徨《さまよ》うているのである。のみならず、項垂《うなだ》れている彼女自身も、自分の胸と膝の上とを視詰めているらしく感ぜられる。後つきから判断すると、彼女は左右の肘《ひじ》を少し張って、あたかも裁縫をする時のような形で両手を膝の上に持って行きつつ、其処に載せてある何物かをいじくっているのである。そう気が付いて見るせいか、彼女の膝の上には何か黒い塊のような物がもくもくしていて、それが彼女の体の蔭にある前方の畳の方にまで、ずうッと伸びているらしい。

「……誰か、男が彼女の膝を枕《まくら》にして寝ているのではないかしらん?………」

ふと、私がこう思った瞬間に、突然、ずしん! と、重い物体を引き擦るような地響きを立てて、彼女は写真の機械の方に向き直った。彼女の膝の上には、一人の男が首を載せたまま仰向けに、屍骸《しがい》になって倒れていたのである。

私がそれを目撃した刹那《せつな》の気持ちは、何と形容したらいいか、とにかく未《いま》だ嘗《かつ》て経験した覚えのない、息の詰まるような、体中に血の気がなくなって次第に意識がぼけていくような、恐怖の境を通り越して、寧《むし》ろ一種のエクスタシーに近いくらいの縹渺《ひょうびょう》とした無感覚に陥ったのであった。――屍骸であると云うことが分ったのは、その男が寝ているくせに眼を明《あ》いているのみならず、瀟洒《しょうしゃ》とした燕尾服《えんびふく》を着ていながら、カラアが乱暴に捲《むし》り取られていて、真紅な女の扱《しご》きのような縮緬《ちりめん》の紐《ひも》が、ぐるぐると頸部《けいぶ》に絡まっていたためである。そうして、断末魔の苦悶《くもん》の状態を留めたまま、逃げさった自分の魂を追いかけるがごとく空を掴《つか》んでいる両手の先が、ちょうど女の胸元の、青磁色にきらびやかな藤の花の刺繍《ししゅう》を施した半襟《はんえり》の辺にとどいている。彼女は屍骸の脇《わき》の下に手を挿《さ》し入れて、鮪《まぐろ》のように横たわっているものを、自分の体をひねらせると同時にぐっと向き直らせたのであるが、向き直ったのは胴から上だけで、でっぷりと太った、白いチョッキが丘のごとく膨れている下腹から以下の部分は、くの字なりに曲ったまま以前の方に投げ出されている。彼女の繊細な腕の力では、大方その便々《べんべん》たる腹の重味を、どうにも処置することができなかったのであろう。――そう思われるほど、その男は小柄な割に著しく肥満しているのである。顔はハッキリとは分らないけれど、鼻の低い、額の飛び出た、酒に酔ったような赤黒い皮膚を持った、三十歳前後の醜《みにく》い容貌《ようぼう》であることだけは、横から見ても大凡《おおよそ》想像することができる。

此処《ここ》に至って、私は今の今まで気違いであると信じていた園村の予言が、確実に的中したことを認めない訳にはいかなかった。ふと、私は心付いて、殺されている男の頭を見ると、銀の鱗《うろこ》の模様の付いた女の帯に接触しているその髪の毛は、果して園村の推測のごとく、綺麗《きれい》に真ん中から分けられて、てかてかと油で固めてあったのである。

新しく私の眼に映じたものは単に男の屍骸ばかりではない。首を垂れて、膝の上の屍骸の表情を打ち眺めている女の、頰《ほお》の豊かな、彫刻のようにくっきりとした横顔も、今や歴々と私の視野の内に現れて来た。天井に燃えている白昼のような電燈が、その美しい皮膚を照らすのを喜ぶがごとく光を投げている女の輪廓《りんかく》は、櫛《くし》の歯のように整った睫毛《まつげ》の端までも数えられるほど、刻明に精細に一点一画の陰翳《いんえい》もなく浮かんでいるのである。その伏目がちに薄く開いている眼球の上の、ふっくらと持ち上った眼瞼《まぶた》の上品さ、その下に続いて心持ち険《けわ》しいくらい高くなっている鼻の曲線の立派さ、其処からだらだらと降りて下膨れのした愛らしい両頰の間に挟まりながら、際立って紅《あか》い段々を刻んでいる唇の貴さ、下唇の突端から滑らかに落ちて、顔全体の皮膚を曳《ひ》き締めつつ長い襟頸《えりくび》に連《つら》なろうとする頤《おとがい》の優しさ、——それらの物の一つ一つに私の心は貪《むさぼ》るがごとく停滞した。

恐らく、彼女の容貌がかくまで美しく感ぜられたのは、この室内のきわめて異常な情景が効果を助けたのであったかも知れない。だが、それらの事情を割引きしても、彼女が十人並以上の美人であることは疑うべくもなかった。近頃の私は、純日本式の、芸者風の美しさには飽き飽きしていた一人であるが、その女の輪廓は必ずしも草双紙《くさぞうし》流の瓜実顔《うりざねがお》ではなく、ぽっちゃりとした若々しい円味を含みながら、水の滴《したた》るような柔軟さの中に、氷のごとき冷たさを帯びた目鼻立ちが物凄《ものすご》く整頓《せいとん》していて、媚《こ》びと驕《おご》りとが怪しく入り錯《まじ》っているのであった。

そうしてもし、その女の容貌の内に強いて欠点を求めるならば、寸の詰まった狭い富士額が全体の調和を破って些《いささ》か卑しい感じを与えるのと、太過ぎるくらい太い眉毛《まゆげ》の、左右から迫って来る眉間《みけん》の辺に、いかにも意地の悪そうな、癇癖《かんぺき》の強そうな微かな雲が懸っているのと、こぼれ落ちる愛嬌《あいきょう》を無理に抑え付けるようにして堅く締まっている唇の閉じ目が、渋い薬を飲んだ後のごとく憂鬱《ゆううつ》な潤味《うるみ》を含んで、胸の悪そうな、苦々《にがにが》しい襞《ひだ》を縫っているのと、――先《ま》ずそれくらいなものであろう。しかしそれらの欠点さえもこの場の悽惨《せいさん》な光景には却《かえ》って生き生きと当て篏《はま》っていて、一層彼女の美を深め、妖艶《ようえん》な風情を添えているに過ぎなかった。

思うに私たちは、この男が殺されたすぐ後から室内を覗き込んだのであったろう。或は私が最初に節穴へ眼をあてがった時分には、まだその男の最期の息が通っていたかも知れなかった。壁に沿うて立っている角刈の男とその女とが、長い間黙々として控えていたのは、犯罪を遂行した結果暫く茫然《ぼうぜん》として、失心していたのに違いない。

「姐《ねえ》さん、もうようござんすかね」

角刈の男は、やがて我に復《かえ》ったようにパチパチと眼瞬《まばた》きをして、低い声でこう囁いたようであった。

「ああ、もういいのよ。――さあ、写して頂戴」

と、女が云って、剃刀《かみそり》の刃が光るような冷たい笑い方をした。その時まで下を向いていた彼女の眼は、急にぱっちりと上の方へ瞠《みひら》かれて、黒曜石のように黒い大きい眸《まなざし》の、不思議に落ち着き払った、静かに溢れる泉にも似た、底の知れない深味のある光が、始めて私に分ったのである。

「それじゃもう少し後へ退《さが》っておくんなさい。……」

男がこう云ったかと思うと、二人は急に動き出した。女はずるずると屍骸を引き擦って、部屋の右手の金盥の近くまで後退《あとずさ》りをして再び正面を向き直る。男は例の写真器の傍へ寄って、女の方へレンズを向けつつ頻《しき》りにピントを合わせている。女はまた、凜々《りり》しい眉根を更に凜々しく吊《つ》り上げながら、ややともすれば膝の上から擦《ず》り落ちようとする太鼓腹の屍骸を、羽がい絞めにして一生懸命に支えている。屍骸の上半身は前よりも高く抱き起されて、ちょうど頭の頂辺《てっぺん》が彼女の頤の先とすれすれに、がっくりと顔を仰向けたままである。その様子から判断すると、男が写真に取ろうとしているのは潰し島田の女の艶姿ではなく、奇怪にも絞殺された人間の死顔であるらしい。

「どうです、もうちっと高く差し上げて貰《もら》えませんかね。あんまりぶくぶく太っているので、腹が邪魔になって、上の方が写りませんよ」

「だって重くってとてもこれ以上持ち上りやしない。ほんとうに何て大きなお腹《なか》なんだろう。何しろ二十貫目《かんめ》もあった人なんだからね」

こんな平気な会話を交しながら、男は種板《たねいた》を入れて、レンズの蓋《ふた》を取った。

写真が写されて、レンズの蓋が締まるまではかなり長かった。その間、燕尾服を纏うた屍骸は両腕を蛙《かえる》のように伸ばして、首をぐんにゃりと左の方へ傾けて、あたかも泣《な》き喚《わめ》いているだだッ児が母親に抱き起されているような塩梅《あんばい》に、だらしなく手足を垂れていた。頸部に巻き着いている緋縮緬《ひぢりめん》の扱きも、一緒にだらりと吊り下っていたことは云うまでもない。

「写りました。もうよござんす」

男がそう云った時、彼女はほっと息をついて、屍骸を横倒しに寝かせて、帯の間から小さな手鏡を出しながら、――――こう云う場合にもその美しい髪形《かみかたち》の崩れるのを恐れるがごとく、真珠とダイヤモンドの指輪を鏤《ちりば》めた象牙色《ぞうげいろ》の掌を伸べて、島田の鬢《びん》の上を二、三遍《べん》丁寧《ていねい》に撫《な》でた。

男は簾の向うの勝手口の方へ行って、水道の栓をひねっているらしく、バケツか何かへ水を注ぎ込まれる音がちょろちょろと聞えていた。それから間もなく、一種異様な、医師の薬局へでも行ったような、嗅《か》ぎ馴《な》れない薬の匂《にお》いが鋭く私の鼻を襲って来た。私は始め、男が写真を現像しているのだろうかとも思ったけれど、それにしては余りに奇妙な薬の匂いで、嗅いでいるうちに涙が出るほどの刺戟性《しげきせい》を持っている工合《ぐあい》が、何処《どこ》かしら硫黄の燻《くすぶ》るのに似ているようであった。

すると、男は簾の蔭から両手にガラスの試験管を提げて出て来て、

「ようよう調合ができたようですが、どんなもんでしょう。このくらい色が付いたら大丈夫でしょうな」

と云いながら、電燈の真下に立って、ガラスの中の液体を振ってみたり透《す》かして

みたりしている。

不幸にして化学の知識の乏しい私には、二つの試験管に入れてある液体が、いかなる性質の薬であるか分らなかったが、奇妙な匂いは明らかに其処《そこ》から発散するのであるらしかった。男の右の手にある方の薬液は澄んだ紫色を帯び、左の手の方のはペパアミントのように青く透き徹っていて、それらが電燈の眩《まぶし》い光線の漲《みなぎ》る中に、玲瓏《れいろう》として輝く様子は、真に美しいものであった。

「まあ、なんて云う綺麗な色をしてるんだろう。まるで紫水晶とエメラルドのようだわね。………その色が出れば大丈夫だよ」

こう云って女がにっこり笑った。今度は以前のような物凄い笑い方ではなく、大きく口を明いて、声こそ立てないが花やかに笑ったのである。上顎《うわあご》の右の方の糸切歯に金を被せてあって、左の隅に一本の八重歯の出ているのが、花やかな笑いに一段の愛嬌を加えている。

「全く綺麗ですな。この色を見ると、とても恐ろしい薬だとは思えませんな」

男はなおもガラスの管を眼よりも高く差し上げて、うっとりと見惚《みと》れている。

「恐ろしい薬だから綺麗なんだわ。悪魔は神様と同じように美しいッて云うじゃないの」

「……だが、もうこれさえあれば安心だ。この薬で溶かしてしまえば何も跡に残りッこはない。証拠になる物はみんな消えてなくなるのだ。……」

この言葉を男は独語《ひとりごと》のごとくに云いながら、つかつかと金盥の前へ進んだかと思うと、その中へ試験管の薬液を徐《しず》かに一滴一滴と注ぎ込んだ後、再び勝手口へ戻って、バケツの水を五、六杯運んで来て、盥へなみなみと汲《く》み入れるのであった。

それから彼らは何をしたか？　その薬液で何を溶かしたか？　そうして又、あの硫黄に似た異臭を発する宝玉のような麗しい色を持った薬は、何から製造されているのか？　全体そんな薬が世の中にあるのか？——今になって考えてみても、私はただ夢のような気がするばかりである。

やや暫《しばら》くして、

「こうしておけば、明日の朝までには大概溶けてしまうでしょう」

男がこう云ったのに対して、

「だけどこんなに太っているから、日外《いつぞや》の松村さんのような訳にはいきはしない。体がすっかりなくなるまでには大分時間がかかるだろうよ」

と、女が従容《しょうよう》として答えたのは、その死骸《しがい》が二人の手によって掻き抱かれて、——依然として燕尾服を着けたままで、——どんぶりと薬を湛《たた》えた盥の中へ浸されてから後のことである。死骸を漬ける時、彼女はかいがいしく襷《たすき》がけになって、真白な二の腕を露《あら》わしていたが、投げ込んでしまってからも襷を取ろうとはせず、井戸の中のヨカナアンの首を見ているサロメのように、両手をタッブの縁につけて、一心に水の面を眺めていた。その左の手の、手頸《てくび》から七、八寸上のところには、ルビーの眼を持った黄金の蛇の腕輪が、大理石のような肉の柱にとぐろを巻いて、二重に絡《から》みついているのを、私はありありと看取することができた。

しかし、殺された男の体がどう云う風にして薬に溶解しつつあるのか、残念ながら私はそれを精しくは見届ける訳にいかなかった。前にも断っておいた通り、盥は西洋風呂のような形をした背の高いものなので、纔《わず》かに表面に浮き上っている死骸の太鼓腹と、その周囲にぶつぶつと湯の沸《たぎ》るごとく結ぼれている細かい泡とが窺われるに過ぎなかったのである。

「はは、今日の薬は非常によく利くようじゃありませんか。御覧なさい、この大きな腹がどんどん溶けていきますぜ。この工合じゃあ明日の朝までもかかりゃしますまい」

角刈の男がこう云っているのに気が付いて、更に注意を凝らして見ると、驚くべし、腹は刻々に、極めて少しずつ、風船玉の萎《しぼ》むように縮まって、遂には白いチョッキの端が全く水に沈んでしまった。

「うまくいったね。あとは明日の事にしてもう好い加減に寝るとしよう」

女はがっかりしたようにぺったりと畳へ据《す》わって、懐《ふところ》から金口の煙草《たばこ》を出してマッチを擦った。

角刈の男は彼女の云うがままに、縁側の方にある押入れから恐ろしく立派な夜具を出して来て、それを部屋の中央に敷いた。どっしりとした、綿の厚い二枚の敷布団の、下の方のは猫の毛皮のように艶々《つやつや》とした黒い天鵞絨《びろうど》で、上の方のは純白の緞《どん》子《す》であった。軽い、肌触りの涼しそうな麻の搔巻《かいまき》には薄桃色の薔薇《ばら》の花の更紗《さらさ》模様が付いていた。女の夜具を延べてしまうと、男は次の間の玄関へ行って、別に自分の寝床を設けているらしかった。

女は白羽二重《しろはぶたえ》の寝間着に着換えて、ぼっくりと沼のように凹む柔かい布団の上に足を運んだ。そうして、雪女郎のような姿で立ち上りながら、手を上げて電燈のスイッチをひねった。

もしその際に女が明りを消さなかったら、……あの晩の私たちは、危険な地位にあることをも忘れて果てしもなくその光景に魂を奪われていた私たちは、多分夜の明けるまで節穴に眼をあてがっていたであろう。急に室内が真暗になったので、私はやっと、自分が一時間も前から、狭苦しい路次《ろじ》の奥に立ち続けていたことを思い出したのであった。いや、正直な話をすると、暗くなってからも未《ま》だ私たちは何かしらを期待するもののごとく、半ば茫然として窓の前に彳《たたず》んでいた。

　夢から覚めたような私の胸の中に、続いて襲って来たものは、いかにして彼らに足音を悟られないように、この路次を抜け出すことができるかと云う不安であった。この窮屈な、一人の体が辛《かろ》うじて挟まるくらいな庇合《ひあわい》の中で、万一靴の音がカタリとでも響いたら、それが彼らに聞えないと云う筈《はず》はない。さっきからひそひそと囁き交している彼らの私語が、一つ残らず、私の耳へ這入《はい》った事実に徴しても、彼らとわれわれとの距離がいかに近いかは明らかである。もしも彼らが、われわれによって自分らの罪状を目撃されたと気が付いた場合に、私たちの運命はどうなるであろう。彼らが悪事にかけてどれほど大胆な人間であり、どれほど巧慧《こうけい》な手段を有し、どれほど緻密《ちみつ》な計画を備え、どれほど執念深い性質を持っているかは、今夜の出来事で大概想像することができる。たとえ私たちがこの場を無事に逃れたとしても、彼らに一旦付け狙《ねら》われた以上、われわれの生命はいつ何時脅《おびや》かされるか分らない。あの、金盥に放り込まれて五体を薬で溶かされてしまった燕尾服の男の運命が、いつ我々を待ち構えているかも測られない。——少なくとも私たちは、それだけの覚悟を持って、昼も夜も戦々兢々《せんせんきょうきょう》として生きていかなければならなくなる。それを思うと迂闊《うかつ》に此処《ここ》を動く訳にはいかなかった。

　私は自分が、今や絶体絶命の境地に陥っているような気がした。私はとにかくもう二、三十分もじっとしていて、彼らが眠りに落ちた時分に、こっそりと立《た》ち退《の》くのが一番安全の策であろうと、咄嗟《とっさ》の間に考えを極《き》めた。私よりももっと路次の奥に這入っている園村は、私が動かなければ勿論其処を出ることはできなかったが、彼もやっぱり同じようなことを考えたとみえて、寧《むし》ろ私の軽挙妄動を戒《いまし》めるがごとく、私の右の手をしっかりと握り緊めたまま、息を殺して立《た》ち竦《すく》んでいた。

　私にしても園村にしても、よくあの場合にあれだけの分別と沈着とを維持していられたものだと思う。歯の根も合わずに戦《おのの》いていたくせに、よくこの両脚が体を支えていられたものだと思う。仮りにあの時、私たちの戦慄が今少し激しかったとしたら、私の胴や、私の腕や、私の膝頭《ひざがしら》の顫《ふる》え方が、もう少し強かったとしたら、あんなにまで完全に、針ほどの音も立てずにいられたろうか？　私のような臆病《おくびょう》な人間でも、九死一生の場合には奇蹟に類する勇気が出て来るものだと云うことを、今更しみじみと感ぜずにはいられない。

だが、仕合せにも私たちはそんなに長く立ち竦んでいる必要がなかったのである。なぜかと云うのに、電燈が消えてから多くも十分と過ぎないうちに、ほどなく室内から安らかな熟睡を貪るらしい女の寝息と、角刈の男の大きな鼾《いびき》とが、——何と云う大胆な奴《やつ》らであろう！——さも気楽そうに聞えて来たからである。私たちはそれで始めて命拾いをしたような心地になって、注意深く靴の爪先《つまさき》を立てて路次を抜け出た。

表へ出ると、園村は私の肩を叩《たた》いて、

「ちょいと待ちたまえ。僕はまだ鱗の印を君に紹介しなかった筈だ。——ほら、彼処《あすこ》を見たまえ。彼処に白い三角の印が付いているだろう」

こう云って、その家の軒下を指した。なるほど其処には、ちょうど標札《ひょうさつ》の貼《は》ってある辺に、白墨《はくぼく》で書いたらしい鱗の印が、夜目にも著《しる》く付いているのを私は見た。

考えれば考えるほど、すべてが謎《なぞ》のごとく幻のごとく感ぜられた。謎にしても余りに不思議な謎であり、幻にしても余りに明らかな幻であった。私はたしかに、その光景を自分の肉眼で目撃したには相違ないが、それでもどうしても、未だに欺かれているような気持ちを禁ずることができなかった。

「もう二、三分早く駈《か》けつければ、僕らはあの男が殺されるところから見られたんだね。惜しいことをした」

と、園村が云った。二人は期せずして再びうねうねと曲りくねった新路を辿《たど》りながら、人形町通りへ出て江戸橋の方角へ歩いて行った。私の頰には、湿っぽい気持ちの悪い風が冷え冷えとあたった。半分ばかり晴れていた空にはいつの間にか星がすっかり見えなくなって、今にも降り出しそうな、古布団の綿のような雲が一面に懸っている。

「園村君、………たとえ低い声にもせよ、往来でそんな話をするのは止《よ》した方がいいだろう。そうしてわれわれは、これから何処を通って何方《どっち》の方へ帰るんだね。夜《よ》半《なか》にこんな所をうろうろして、係《かか》り合いにでもなったら厄介じゃないか」

私は苦々しい顔をして、たしなめるように云った。私の方が園村よりも余計昂奮《こうふん》して、常軌を逸しているらしくみえた。

「係り合いになる? そんなことはないさ。それは君の取り越し苦労と云うものさ。君はあの犯罪が明日の朝の新聞にでも発表されて、世間に暴露するとでも思っているのかい? あれほど巧妙な手段を心得ている奴らが、跡に証拠を残したり、刑事問題を惹《ひ》き起したりするような、ヘマな真似をする筈がないじゃないか。殺された男は、恐らく単に行方不明になった人間として、当分の間捜索されて、やがて忘れられてしまうに過ぎないだろう。僕はきっとそうに違いないと思う。だからよしんば我れ我れが彼奴《あいつ》らの仲間であったとしても、われわれの罪は永久に社会から睨まれる恐れはないのだ。僕が心配したのは、社会に睨まれることではなくて、彼奴らに睨まれやしないかと云うことだったのだ。あの男とあの女とに睨まれたが最後、僕らは到底生きていられる筈はないから、その方がいくら恐ろしいか知れなかった。しかしまあ、好い塩梅に彼奴らの目を逃れることができた以上、僕らはもう絶対に安全だ。何も心配することはないのだ。そこで、僕らの生命の危険が確実に除かれたとなると、僕はこれからいろいろやってみたい仕事がある。……」

「どんな仕事があるんだい？　今夜の事件はもうあれでおしまいじゃないか？」

私には園村の言葉の意味がよく分らなかったので、こう云いながら、にやにやと笑っている彼の表情を不審そうに覗き込んだ。

「いや、なかなかおしまいどころじゃない。これから大いに面白くなるのだ。僕は彼奴らに気取られていないのを利用して、わざと空惚《そらとぼ》けて接近してやるのだ。まあ何をやり出すか見ていたまえ」

「そんな危険な真似はほんとうに止《や》めてくれたまえ。君の探偵としてのお手並はもう十分に分ったのだから」

私は彼の酔興に驚くと云うよりも寧ろ腹立たしかった。

「探偵としての仕事が済んだから、今度は別の仕事をやるんだ。……まあ精《くわ》しい話は自動車の中でしよう。どうせ遅くなったのだから君も今夜は僕の内《うち》へ泊りたまえ」

こう云って、彼は今しも魚河岸の方から疾駆《しっく》して来る一台のタクシーを呼び止めた。

自動車は我れ我れを載せて、中央郵便局の前から日本橋の袂《たもと》へ出て、寝静まった深夜の大通りの電車の軌道の上を一直線に走って行った。

「……ところで今の続きを話そう」

と、園村が私の顔の方へ乗り出して云った。その時分から、彼はだんだん活気づいて来て、何かしら尋常でない輝きがその瞳に充《み》ちていた。私はやっぱり、彼の精神状態を全くの気違いではないまでも多少狂っているものと認めざるを得なかった。彼の神経が妙な所で鋭くなったり鈍くなったりする様子や、頭脳が気味の悪いほど明晰《めいせき》に働くかと思うと、急に子供のように無邪気になったりする工合《ぐあい》は、どうしても病的であるとしか思われなかった。病的になっていればこそ、今夜のような恐ろしい事件を予覚することができたのに違いない。

「僕がこれからどんなことをやろうとしているか、僕にどんな計画があるか、それは話しているうちに自然と分って来るだろうと思うが、それよりも先ず、君は今夜のあの犯罪の光景を、どう云う風な感じをもって見ていたかね？　無論恐ろしいと感じたには違いないだろう。しかしただ恐ろしいだけだったかね？　恐ろしいと感ずる以外に、たとえばあの女の素振《そぶり》なり容貌《ようぼう》なりに対して、何か不思議な気持ちを味わいはしなかったかね？」

　こう畳みかけて、園村は私に尋ねた。

　しかし私は、それらの質問に応答すべく余りに気分が重々しくなっていた。私の頭の奥に刻み付けられたあの場の光景、――恐らくは一生忘れることのできない、あの光景を想《おも》い出すと、私はまるで幽霊に取《と》り憑《つ》かれたようになって、ぼんやりと園村の顔を見返すだけの力しかなかった。

「……君は多分、あの節穴から室内を覗いて見るまで、僕の予想を疑っていたのだろう。君は始めから、人殺しなどが見られる筈はないと思っていたのだろう？……」

　と、園村は私に構わずしゃべり続けた。

「君は昨日から僕を気違いだと思っていた、気違いの看護をする積りで、あの路次の奥まで付いて来たのだろう。君が僕に対して、腹の中では迷惑に感じながら、いい加減な合槌《あいづち》を打っている様子は、僕にはちゃんと分っていた。僕は君から気違い扱いにされているのをよく知っていた。いや、事に依ると、君は未《いま》だに僕を気違いだと思っているのかも知れない。けれども僕が気違いであってもなくっても、あの節穴から見た光景は、もはや疑う余地のない事実なのだ。君にしたってそれを否《いな》むことはできないのだ。そうして君は、僕と違ってあの光景を予《あらかじ》め覚悟していなかっただけ、それだけ僕よりも驚愕《きようがく》と恐怖の度が強かったに違いない。少なくとも僕の方が君よりも冷静にあの光景を観察したと僕は思う。あの、女の膝《ひざ》に転げていた屍骸《しがい》が始めて我れ我れの眼に這入《はい》った時、僕の驚きは恐らく君に譲らなかったかも知れないが、僕が驚いた理由は、君とは全く違っていただろうと思う。……君は大方、あの女がまだ後ろ向きでいた時分には、膝の上に何が載っかっているのだか気が付かずにいただろう。従って、あの女と角刈の男とが、何をしようとしているのだかも分らずにいただろう。ところが僕は早くからその蔭に屍骸が隠れていることを信じていたのだ。君も覚えているだろうが、女は最初節穴を一杯に塞《ふさ》ぐくらいに僕らの側近く据《す》わっていた。おまけに僕の覗いていた節穴の位置は、君のよりも一尺ばかり低い所に付いていたので、僕は暫くの間、女の背中から右の肩の先と、その向うの壁の一部分と、金盥の側面とを見たに過ぎなかったのだ。それから中途で、女が一間《いっけん》ばかり前へにじり出ただろう。君はあの時、ちょいと穴から眼を放したようだったが、女は膝で歩きながら畳を一畳ほど前へ擦り出て行ったのだ。けれども依然として僕らの方へ真後を向けたままで一直線に擦り出て行ったのだから、無論その蔭に何があるか見えはしなかった。ただわれわれは、その時始めて、あの女の後姿を完全に見ることができるようになっただけだった。女は体を左の方へ少し傾《かし》げて、両手を膝の上に載せてちょうどお針をしているような恰好《かっこう》で据わっていただろう。……ねえ君そうだったろう？……あの恰好を一と目見ると、僕はその膝の間に絞め殺された首のあることを直覚したのだ。ちょいと見れば何でもないようだが、あの恰好は決して、普通の物を膝の上に載せている場合の姿勢ではないのだ。君は気が付いたかどうか知らないが、女は背骨と腰の骨をぐっと伸ばして、頸《くび》から上だけを前の方へ屈《かが》めて、何となく不自然な俯向《うつむ》き方をしていただろう。あの女は体つきが非常に意気でしなしなしていたし、それに柔かいお召《め》しの着物を着ていたから、余程よく注意しないとその不自然さは分らないけれど、とにかく何か重い物を膝に載せて、全身の力でじっとそれを堪《た》えているような塩梅式だった。そうしてその力は、殊《こと》に彼女の両方の腕に集まっていたらしく、左右の肩から肘《ひじ》へかけて、一生懸命で力んでいるために、筋肉のぶるぶると顫えている様子が、微かではあるが僕にはハッキリ感ぜられた。しかもその戦慄は折々彼女の長い袂に伝わって大きく波打ったことさえあるのだ。それで僕の考えるのは、女はあの時、既に殺されて倒れている男の傍へ擦り寄って、屍骸の上半身を自分の膝へ凭《もた》れさせて、ほんとうに息が絶えたかどうか試してみながら、念のためにもう一遍首を絞《しめ》付《つ》けていたのだろうと思う。それでなければあんな恰好をする筈がないのだ。腕が顫えるほど力を入れていたのは、両手でしっかりと縮緬の扱きを引っ張っていたためなのだ。そう云う訳で、僕はあの時から女の蔭に屍骸のあることに気が付いていたので、それがいよいよ僕らの眼に這入った際には、格別驚きもしなかった。僕が驚いたのは、寧《むし》ろあの女の容貌の美しさだった。あの時まだ犯罪の方にばかり注意を奪われていた僕は、あの女の顔が見えた瞬間にどんなにびっくりしただろう。

「………」

「そりゃ僕だってあの女の器量は認めるさ」

私はその時、何となく園村が癪《しゃく》に触って、突然意地悪く口を挟んだ。

「………認めることは認めるが、君が今更あの女の容貌を讃美するのは変じゃないか。なるほど非常な美人には違いないけれど、あの位の器量の女なら一流の芸者の中にいくらもいるだろうと思う。君が以前新橋や赤坂で遊んだ時分に、あれほどの女はいなかったかね」

私がこう云ったのはかなり皮肉の積りであった。なぜかと云うのに、園村は近頃、「芸者なんぞに美人は一人もいない」と称して、ふっつり道楽を止めてしまって、西洋物の活動写真にばかり凝っていたからである。そうして時々女が欲しくなると、わざと吉原の小格子《こごうし》だの六区の銘酒屋《めいしゅや》などへ行って、簡単に性欲の満足を購《あがな》っていたのである。一時は随分、親譲りの財産を蕩尽《とうじん》しそうな勢いで待合這入りをしていたくせに、この頃の彼の芸者に対する反感は非常なもので、「浅草公園の銘酒屋の女の方が彼奴らより余程綺麗だ」などとしばしば私の前で公言していた。それほど趣味が廃頽《はいたい》的になっているのに、今夜の女を褒《ほ》めると云うのは、少し辻褄《つじつま》が合わないように感ぜられた。

「そりゃ、単に器量から云ったらあのくらいなのは新橋にも赤坂にもいるだろう。………しかし君、あの女は必ずしも芸者ではないらしいぜ」

と、園村は少し狼狽《ろうばい》して苦しい言い訳をした。

「けれども潰し島田に結ってああ云う風をしていれば芸者と認めるのが至当じゃないか。少なくともあの女の持っている美しさは、芸者の持っている美しさで、それ以上には出ていないじゃないか」

「いや、まあそう云わないで僕の話を聞いてくれたまえ。なるほど風采《ふうさい》や着物の好みなどから見れば、あの女は芸者らしくも思われる。それから又、あの顔立も、芸者の絵葉書などによくあるタイプだと云うことは僕も認める。しかし君は、あの女の太い眉毛《まゆげ》から眼の周囲に漂っている不思議な表情――あの物凄い、獣《けもの》のような残忍さと強さとを持った表情に、気が付かなかっただろうか。あの唇のいかにも冷酷な、底の知れない奸智《かんち》を持っているような、そうしてしかも悔恨に悩んでいるような、妙に憂鬱な潤いを帯びた線と色とを、君はどう感じただろうか。芸者の中に一人でもあのような病的な美を持っている者があるだろうか。一つ一つの造作《ぞうさく》から云えばもっと整った顔の女はいくらもあるだろう。だがあれほどの深みを持った美しさが、芸者の中に見られるだろうか。ねえ君、君はそう思わないだろうか？」

「僕はそう思わんよ。………」

と、私は極めて冷淡に云った。

「………あの顔は綺麗には綺麗だけれど、やっぱり在《あ》り来《きた》りの美人のタイプに過ぎないと思う。君はあの場合をよく考えてみなければいけない。あの女はあの時人を殺していたのだぜ。ああ云う恐ろしい悪事を行っている場合には、どんな人間だって物凄い顔つきをするじゃないか。その表情に深みが加わって、病的になるのは当り前じゃないか。ただあの女は、非常な美人であるために、病的な美しさが一層よく発揮されて、一種の鬼気を含んでいるように見えただけのことなんだ。もしも君があの女に待合の座敷か何かで会ったとしたら、普通の芸者と選ぶ所はなくなってしまうさ。………」

私たちがこんな議論をしている間に、自動車は芝公園の園村の家の前に停《とま》った。もう四時に近く、短い夏の夜はほのぼのと白みかかっていたが、私たちは一と晩中の奔走に疲れた体を休ませようと云う気にもならなかった。二人は再び、昨日の夕方のように、書斎のソォファに腰をかけてブランデーの杯を挙げつつ、盛んに煙草の煙を吐き、盛んに意見を闘わしているのであった。

「それはそうとして、君はあの女の器量をなぜそんなに詮議《せんぎ》するのだね。それよりもあの犯罪の性質の方が、僕には余程不思議な気がする」

私がこう云うと、園村は唇へあてていた杯をぐっと一と息に飲み乾《のほ》して、それをテエブルの上に置きながら、

「僕はあの女と近付きになりたいのだ」

と、半分は焼《や》け糞《くそ》のような、そのくせ妙に思い余ったような、低い調子でこっそ

りと云って、長い溜息《ためいき》を引いた。

「又始まったね、君の病気が」

と、私は腹の中で思うと同時に、それを口へ出さずにはいられなかった。

「……悪いことは云わないから、酔興な真似は好い加減に止《や》めたらいいだろう。君はあの女に接近して、燕尾服の男のような目に会ってもいいのかね。いくら君が物好きでも、絞め殺されて薬漬けにされたら往生じゃないか。まあ命が惜しくなかったら近付きになるのも悪くはあるまい」

「近付きになったからって何も殺されると極まった訳はないさ。始めから用心してかかれば大丈夫さ。それに君、さっきも云った通り、あの女は我れ我れに秘密を摑まれていることを知らないのだから、無闇《むやみ》に僕を殺す筈はない。其処《そこ》が大いに面白い所なんだ」

「君はほんとうにどうかしている。気違いでないまでも余程激しい神経衰弱に罹《かか》っている。実際気を付けた方がいいぜ」

「ああ有《あ》り難《がと》う、君の忠告には感謝するが何卒《どうぞ》僕の勝手にさせておいてくれたまえ。僕はこの頃、何となく生活に興味がなくなって体を持て余していたところなんだ。何かこう、変った刺戟でもなければ生きていられないような気がしていたんだ。今夜のような面白い事件でもなかったら、それこそ却《かえ》って単調に悩まされて気が違ってしまうだろう」

こう云ううちにも、園村は我れと我が狂気を祝福するがごとく続けざまに杯の数を重ねた。平生《へいぜい》から酒に親しんでいる彼は、軽微なアルコオル中毒を起して、しらふの時には手の先を顫《ふる》わせているくらいだのに、だんだん酔が循《まわ》るにつれて顔色が真青になり、瞳《ひとみ》が深い洞穴《ほらあな》のように澄み渡って、奇妙に落ち着いて来るのであった。

「殺される恐れがないと云う確信があるのなら、近付きになるのもいいだろう。――しかし君、君はあの女にどう云う風にして接近するのだね。あの女の身分や境遇が分っているのかね。仮りにあの女の商売が芸者だとしても、無論一と通りの芸者でないことは極まり切っている。あの女は何のために人を殺したのか、何処《どこ》からああ云う恐ろしい薬を手に入れたのか、それから又あの角刈の男とはどう云う関係に立っているのか、そう云うことをよく調べてから接近した方が安全だろうと思う。せめてその位は僕の忠告を聴いてくれたまえ」

私は心から園村の様子が心配でたまらなくなって来た。

「ふふん」

と、園村は鼻の先であしらうような笑い方をして、

「その点は僕も気が付いている。あの女と角刈の男とが、どう云う人間だかと云うことも大凡《おおよそ》見当がついている。目下の僕は、いかなる手段で、いかなる機会を利用したらば、最も自然に彼らに近付くことができるかと云う、その方法に就《つ》いて考えているところなのだ。もしあの女が君の云うように芸者であるとしたら接近するのに雑作はないのだが、僕にはどうもそうは信じられない」

「僕にしたって芸者であると断言した訳ではないさ。ああ云う風をしている女は、芸者の外《ほか》には、あまりないと思っているだけさ。僕にはそれ以上の解釈は付かないのだから、あの女が芸者でないとしたならどう云う種類の人間なのだか君の考えを話してくれたまえ。いや、そればかりでなくあの犯罪の動機も、わざわざ屍骸を写真に取った訳も、その屍骸を薬で溶かしてしまった理由も、それからあの恐ろしい薬の名も、君にもし解釈ができるのなら教えてくれたまえ。僕にはあの不思議な出来事の一つ一つが、まるで謎のように感じられるばかりで殆《ほとん》ど説明が付かないのだ。僕はさっきから、あれに就いての君の考えを聴きたいと思っていたのだ」

私はこう云う問題を提供して、気違いじみた彼の頭の働きをいよいよ妙な方面へ引き入れることが、園村のためによくないだろうとは思っていた。にも拘《かかわ》らず、こんな質問を試みないではいられないほどあの犯罪の光景は私の好奇心を煽《あお》り立てていたのである。

「それは僕にも分らない点がいろいろある。しかしまあ、大体僕の観察したところを話してみよう。――」

こう云って、彼は教師が生徒に物を教えるような口吻《こうふん》で、諄々《じゅんじゅん》と説き始めた。

「実は僕も、それらの疑問をどう解いたらいいか、今現に考えている最中なので、ハッキリとした断案に到達した訳ではないのだが、先《ま》ず第一に、あの女が芸者でないことだけは確かだと思う。僕がこの間活動写真館で会った時には、あの女は庇《ひさし》髪《がみ》に結っていた。そうして少なくとも片仮名の文字を書いていた左の手には、今夜着けていたような指輪を嵌《は》めてはいなかった。それから又、さっき我れ我れが節穴へ眼をつけた瞬間に、あの女の着物から、甘味のある芳ばしい香《こう》の匂いがわれわれの鼻を襲って来ただろう。ところがこの間の晩は、僕とあの女との距離がもっと近かったにも拘らず、かつ僕の嗅覚《きゅうかく》は特に鋭敏であるにも拘らず、何の匂いもしなかったのだ。けれどもこの間の女と今夜の女とが別人であると云う訳はない。屍骸を薬で溶解してまでも、完全に証拠を湮滅《いんめつ》させようとしている人間が、ああ云う重要な相談を他人に任しておく筈はないだろう。あの晩の女が、片仮名だの暗号文字だのを使って、角刈の男と重大な打ち合わせをしていた様子から判断しても、必ず彼女は今夜の女と同一人でなければならない。そうだとすると、あの女は日によって衣裳だの持物だのを取り換える癖のある人間なのだ。あの女が犯罪を常習とする悪人だとすれば、ますます変装の必要がある訳なのだ。場合によっては芸者の真似をして潰し島田に結うこともあろうし、束髪《そくはつ》に結って女学生と見せかけることもあろうと云うものだ。もしあの女が芸者だとすれば、この間の晩だって指輪を嵌めていてもよさそうなものだし、香水ぐらいは着けていそうなものじゃないか。それに、今夜の着物に着いていたあの匂いは、普通の芸者が使うような香水の匂いではない。

……………」

「……あの匂いが何の匂いだか君には分ったかね?……あれは香水ではないのだよ。あれは古風な伽羅《きゃら》の匂いだよ。あの女の今夜の着物に伽羅が焚《た》きしめてあったのだ。まあ考えてみたまえ。今時の芸者で衣服に伽羅を焚きしめているような女はめったにないだろう。あの女が余程変った物好きな人間だと云うことは明らかだろう。いかに物好きであるかと云う証拠には、襷《たすき》がけになって屍骸を運んだ時、左の腕に素晴らしい腕輪が嵌まっていたのを君は見なかったかね。あの腕輪は普通の芸者が着けるものにしては、あまりに趣味の毒々しい、あくどいものだ。それをあの女が、潰し島田に結って伽羅の香の沁《し》みた衣裳をつけながら、腕へ嵌めていると云うのは、随分突飛《とっぴ》な、不調和な話じゃないか。つまり何と云うこともなく、ただもう無闇に変った真似をすることが好きな女なのだ。それから君は、あの女に殺された男が、燕尾服を着ていたと云うことも、考慮の内に加えてみなければいけない。あの場合の燕尾服は何にしても奇抜千万で、ますますこの事件を迷宮へ引き入れてしまうが、燕尾服と芸者とは少し対照が妙じゃないか。それから又あの女は、角刈の男に向ってこんなことを云っていたね。『恐ろしい物はすべて美しい。悪魔は神様と同じように美しい』とか何とか云ったね。あの文句は、芸者が云うにしては生意気過ぎる。それにこの間の暗号文字の通信などを考えると――あの英文を彼女自身で作ったのだとすると、とても芸者なんかにできる仕事ではない。尤《もっと》もそう云う教育のある女が、芸者になることも絶無ではないが、もしあれほどの器量と才智とを持った芸者がいるとしたら、それを我れ我れが今まで知らずにいる筈がない。第一芸者などが、あの恐ろしい薬液をどうして手に入れることができるだろうか？のみならずあの女は、あの薬の調合法までも心得ていて、角刈の男に指図《さしず》していたようじゃないか？――こう云ういろいろの理由から、僕は彼女を芸者ではないと信ずるのだが、最後にもう一つ、僕の推定をたしかめる有力な根拠があるのだ。と云うのは、女がさっき、屍骸を薬液の中へ漬けた時、『この男は太っているから体が溶けてなくなるまでには時間がかかる。この間の松村さんのような訳にはいかない』と云っただろう。そう云ったのを君は覚えているだろう。……ところで君は、あの松村と云う名前に就いて、何か思い出したことはないかね」

「そうだ、松村と云ったようだった。――しかし、別に思い中《あた》ることもないけれど、その松村が何だと云うのだね」

「君は先達《せんだつ》て、――ちょうど今から二た月ばかりの前の新聞に、麴町《こうじまち》の松村子《し》爵《しゃく》が行衛《ゆくえ》不明になったと云う記事の出ていたのを、読んだかしらん？」

「なるほど、ハッキリとは記憶していないが、読んだような覚えもある」

「その記事は朝の新聞と前の日の夕刊とに出ていて、当人の写真が掲載されていた。そうして夕刊の方にはかなり精しく、家族の談話までも載せてあった。それで見ると子爵は行衛不明になる一週間ばかり前に、欧米を漫遊して帰って来たのだが、洋行中に憂鬱《ゆううつしょう》症に罹《かか》ったらしく、東京へ帰っても毎日家に閉《と》じ籠《こも》ったきり誰にも人に会わなかったそうだ。で、或《あ》る日余り気が塞《ふさ》いで仕様がないから一月《ひとつき》ばかり旅行をして来ると云って邸《やしき》を出たなり、行《ゆ》き方《がた》が知れずになったのだと云う。

……子爵は京都から奈良へ行って、それから道後《どうご》の温泉へ廻《まわ》ると云っていたそうだ。誰も供をつれては行かなかったが、家令《かれい》の一人は中央停車場まで見送りに行って、現に京都までの切符を買って汽車に乗り込んだところを見届けて来たのだと云う。要するに家族の意見では、旅行の途中でいよいよ気が変になって、自殺でもしたのではないだろうか。出発の際には多額の旅費を用意して行ったし、別段遺書らしいものも発見されないから、覚悟の自殺ではないまでも、ふらふらとそんな気になったのではないだろうか。と云うことだった。それから十日ばかりの間、松村家では毎日子爵の肖像を新聞へ出して、懸賞付きで行方を捜索していたようだが、何らの有力な手がかりも得られなかった。尤も、子爵が東京を出発した明くる日の朝、京都の七条の停車場で子爵の肖像にそっくりの紳士が、年の若い貴婦人風の女とつれ立ってプラットフォームを出て来るところを、ちらりと見たという者があった。が、家令の話では子爵は長い間欧羅巴《ヨーロッパ》へ行っておられた上に、帰朝されてからも孤独の生活を送っておられたので、社交界に一人の顔馴染《かおなじみ》もある筈はなく、そうかと云って、勿論花柳社会などへも足を入れられたことはない。だから子爵が若い貴婦人を同伴していたと云うのは、有り得べからざる事実であって、多分人違いか何かであろう。と云うことだった。その後もう二月にもなるけれど、子爵の消息が分ったと云う記事も出なければ、屍骸が発見されたと云う報道も伝わらない。結局未《いま》だに、子爵は死んでしまったとも生きているとも分っていないのだ。僕はあの新聞を読んだ時には、それほど気に止めてもいなかったけれど、さっき女の口から『松村さん』と云う名前を聞いた時、ふと、それが子爵のことに違いないように感ぜられた。あの女に殺された松村と云う男が、もしや子爵ではあるまいかしらん？いや、たしかに子爵に相違ない、きっとそうだ。と云うような気がした。……いいかね、君もよく考えてみてくれたまえ。子爵は東京から京都までの間で生死不明になっている。もしも京都へ着く前に汽車の中で何らかの変事があったとすれば、それが分らずにいる筈はない。そうしてみると、やっぱり京都へ着くまでは何事もなかったのだ。子爵の身の上に異変があったとすれば、それは京都へついてから後のことなのだ。のみならず、七条の停車場で見たと云う人があるばかりで、その後子爵の姿が何処《どこ》の停車場にも、何処の宿屋にも見えないのだとすると、子爵は京都の中で、自殺したか、殺されたかに違いない。ところで自殺にもせよ他殺にもせよ、それが普通の方法をもってしたのならば、しかも京都の市中で行われたとしたならば、今日まで屍骸が発見されずにいる道理はないだろう。……いいかね、そこで僕は考えたのだ。さっきあの女は、燕尾服の男の屍骸を指さして、『この男は松村さんと違って太っているから』と云ったね、してみると女が殺した松村と云う男は痩《や》せていたのだと云うことが分る。そうして、子爵の松村なる人も写真で見ると、非常に痩せている。……

……女はまた、松村なる人の名前を呼ぶのに、『松村さん』と云って特にさん付けにしている。それは女がその男と余り親密な仲でないことを示すと同時に、或る意味における尊敬を払っているのだと考えることはできないだろうか。たとえば我れ我れが、自分に何らの関係もない人の名を呼ぶ場合に、普通は誰々と云って呼び捨てにするけれど、それが社交界の知名の士であるとか華族の名前である場合には、大概誰々さんと云ってさん付けにする。女が特に松村さんと云ったのは、松村なる人が華族であって、かつ自分とは深い馴染でないからではあるまいか。男が彼女の情夫であるとか、旦那《だんな》であるとか、とにかく親しい仲の者であったなら、其奴《そいつ》を殺してしまった場合に、何もさん付けにする筈はないだろう。『松村の奴は』とか、『あの野郎は』とか云うべきところだろう。単にこれだけの理由をもって、あの女に殺された松村と子爵の松村とが同一人であると推定するのは、或《あるい》は早計であるかも知れない。しかし此処《ここ》にもう一つ、その推定に根拠を与える有力な事実がある。それは東京を独りで出立した子爵が、七条停車場へ着いた際には、若い貴婦人を同伴していたと云う噂《うわさ》のあることだ。子爵家の家令は、子爵が如何《いか》なる種類の婦人とも交際がないと云う理由をもって、その噂を否認しているけれど、かりにその婦人が汽車の中で子爵と懇意になったとしたらどうだろう。交際嫌いな子爵の平生から推《お》してみて、そんなことは絶無であると云えるかも知れない。しかしその女が、奸智に長《た》けた婦人であって、最初から子爵を籠絡《ろうらく》する目的で、巧妙な、用心深い手管《てくだ》をもって接近して行ったとしたら、しかもそれが身なりの卑しくない、容貌の美しい婦人であるとしたら、子爵がその女に気を許すことがないだろうか。子爵は多額の旅費を用意していたそうであるから、その金を巻き上げるために女が東京から子爵の跡を付け狙《ねら》っていたのではないだろうか。……………こう考えて来ると、どうも僕にはその貴婦人が昨夜の女であって、子爵はたしかに京都の町の何処かしらで、あの女に殺された揚句、体を溶かされてしまったのではないかと思う。………」

「すると君の意見では、あの女は汽車の中で悪事を働く箱師《はこし》の一種だと云うのだね」

「うん、まあそうだ。………子爵の所在が未《いま》だに発見されないところをみると、あの女に殺されて薬液の中へ消え失せてしまった松村なる人が、子爵であると考えるのは最も自然じゃないだろうか。そこで子爵とあの女とが以前からの馴染でないとすれば、無論子爵は所持していた金のために命を落したのだろう。あの女はたしかに箱師には違いないが、しかし一と通りの箱師ではなく、何か大規模な悪徒の団員の一人であって、それが片手間にそう云う仕事をしたのだと見る方が至当ではないだろうか。あの女は、東京と上方《かみがた》と両方で同じような犯罪を行っている。あの薬液やあの西洋風呂を据《す》え付けた家が、京都にもあるに違いない。これにはきっと東海道を股《また》にかけて盛んに例の暗号通信を交換しつつ、頻々《ひんぴん》とあらゆる悪事を行っている兇賊《きょうぞく》の集団があるのだ。………」

「なるほど、だんだん説明を聞いてみると君の観察は中《あた》っているようにも思われる。そうして今夜殺された燕尾服の男も、やっぱり華族か何かだろうか」

こう云って私は更に園村に尋ねた。正直に白状するが、私はもういつの間にかすっかり園村の探偵眼に敬服して、一から十まで彼の意見を問《と》い質《ただ》さなければ気が済まないようになっていた。

「いや、あれは華族じゃないだろう。僕の想像するところでは、今夜の殺人は松村子爵の場合とは大分趣を異にしている」

と云いながら園村は椅子《いす》から立って、洋館の東側の窓を明けて、煙草の煙の濛々《もうもう》と籠《こも》った蒸し暑い部屋の中へ、爽《さわや》かな朝の外気を冷え冷えと流れ込ませた。

「僕は或《あ》る理由によって、今夜の男は彼ら悪漢の団員の一人であろうと推定する」

園村は先ずこう云って、再び元の席へ戻りながら、不審そうに眼瞬《まばた》きをしている私の顔をまじまじと眺めた。

「あの男はこの間活動写真を見ていた時の様子から判断すると、あの女の情夫か亭主でなければならない。君はあの男が燕尾服を着ていたために、貴族であると思うのかも知れないが、今夜のような、ああ云うむさくろしい路次《ろじ》の奥へ、貴族ともあろう者が燕尾服を着て来るだろうか。それよりは寧《むし》ろ、貴族に変装して何処《どこ》かの夜会へ出席した悪漢が、自分の住居へ帰って来たところだと観察する方が、余計事実に近くはなかろうか。あの男が女の情夫であるとすれば、どうしたってそう解釈するよりほかに道はない。殊《こと》に女は、さっき写真を写す時にこんなことを云っていた。『……ほんとうに何て大きなお腹なんだろう。何しろ二十貫目もあった人なんだからね』と云っていたじゃないか。『何しろ二十貫目もあった人なんだからね』と云う一語は、彼女とその男との関係を説明して余りあると僕は思う」

「ふん、それも君の観察が中っているような気がする。そうだとすると、つまり女は角刈の男に惚《ほ》れたために、あの男を邪魔にして殺したと云う訳なんだね」

「さあ、当然其処《そこ》へ落ちて来なければならないのだが、何だかそうでないようなところもある。君も見ていただろうけれど、屍骸《しがい》が盥《たらい》へ放り込まれてから、角刈の男は最初に女の布団を敷いて、それから次の間へ別に自分の床《とこ》を取って寝たようだったね。のみならず、男は始終女の命令に服従して、女を『姐《ねえ》さん』と呼んでいたね。二人が惚れ合っているのだとしては、あの様子はどうも腑《ふ》に落ちないじゃないか。そうして更に不思議なのはあの写真の一件だ。屍骸を溶かしてしまってまでも証跡を晦《くら》まそうとするものが、何のために写真なんぞを取っておくんだろう。自分の手でもって殺した男の俤《おもかげ》などは、夢に見てさえ恐ろしい筈《はず》だのに、何の必要があってあんな真似をしたんだろう。いずれにしてもあの殺人は、余程奇妙な性質のもので、案外なところにその原因が潜んでいるのじゃないかしらん？」

「案外なところに潜んでいる？　と云うと、たとえばまあどんなことなんだ」

「たとえばね、――これは僕の突飛な想像に基《もと》づいているのだけれど、――あの女は何か性的に異常な特質があって、人を殺すと云うことに、或る秘密な愉快を感じているのではないだろうか。そうして、さほどの必要もないのに、ただ殺したいために殺すと云うような癖があるのではないだろうか。あの女の行動をよく考えてみると、この想像を許す余地は十分にある。いいかね君、最初子爵は汽車の中で近づきになっただけで、彼女に殺されてしまったのだ。この場合の殺人は、金を盗んでその犯跡を晦ますためであったかも分らない。だが、子爵の所持金はどれほどあったか知れないが、たかが旅行の費用に過ぎないのだから、多くも千円には達しないだろう。それんばかりの金を盗むのに、命までも取らないだって済みそうなものじゃないか。たとえば子爵に魔睡薬《ますいやく》を嗅《か》がせるとか、仲間の男を使って自分以外の者の手で仕事をやらせるとか、あれほどの女なら外に犯跡を晦ます方法はいくらもあるじゃないか。しかもその殺し方が一と通りの方法ではないのだ。わざわざ子爵を京都の市中へおびき出して、彼らの巣へ連れ込んだ上、殺した揚句《あげく》に薬漬にしたり、頗《すこぶ》る面倒な手段に訴えている。それが昨夜の殺人になると一層不思議だ。金銭のためでもなく、そうかと云って必ずしも痴情の果てでもないらしく、燕尾服の男は殆ど無意味に殺されて、おまけに屍骸を写真に取ると云う厄介な手数までもかけられている。この一事だけでも、あの殺人には女の道楽が、病的な興味が手伝っているのだと云うことは明らかじゃないか。僕が思うのに、恐らく子爵もその屍骸を写真に取られたのじゃないかしらん。いや、もっと想像を逞《たくま》しくすれば、彼女は今までに同じ手段で何人となく男を殺していて、それらの屍骸は悉《ことごと》く写真に写されているのではないだろうか。自分の色香に迷わされて命を捨てた無数の男の死顔を見ることが、ちょうど恋人の俤に接するように、狂暴な彼女の心を満足させるのではないだろうか。少なくともそう云う変態性欲を持った女が、世の中に存在しないとは限らないだろう。………」

「そう云う女があることは、僕にも想像できないことはない。けれども、たまたまあの燕尾服の男が彼女の欲望の犠牲に挙げられたのには、何か外にも原因がなければなるまい。彼女が君の云うような物好きな女だとしても、男と見れば手あたり次第に殺したくなる筈はなかろう。たとえばあの角刈の男が殺されないで、特に燕尾服が殺されたのは、どう云う訳なんだろう」

「それはこうなんだ。――あの燕尾服の男は彼女の情夫である上に、多分あの悪漢の集団の団長だったからなのだ。つまり彼女は、自分よりも優勢の地位にある意外な人間を殺すことに興味を持ったのだ。角刈の男は彼ら夫婦の子分であるから、殺そうと思えばいつでも殺せる。そんな人間を犠牲にしても面白くはない。松村子爵を狙《ねら》ったのも、子爵が社会の上流の貴族であると云うことが、きっと彼女の好奇心を唆《そその》かしたのに違いない。それに、団長の場合には、彼を殺せば自分が代って団長の地位を得られると云う利益が伴っている。現に角刈の男は彼女の命令を奉じて女団長の指揮の通りに働いていたではないか」

「なるほど」

　と、私は園村の説明にすっかり感心して云った。

「そう云う風に解釈すれば、どうやら謎が解けて来るようだ。つまりあの女は恐るべき殺人鬼なんだね」

「恐るべき殺人鬼、………そうだ。であると同時に美しい魔女でもある。そうして僕の頭の中には、恐るべきだと云うことは理窟《りくつ》の上から考えられるばかりで、あの女の美しい方面ばかりが際立《きわだ》っている。ゆうべの光景を想い浮かべてみても、ただ素晴らしい怪美人だ、この世の中の物とも思われないほどの妖艶《ようえん》な女だ、と云うような感情のみが湧《わ》き上って来る。昨夜節穴から覗《のぞ》き込んだ室内の様子は、たしかに殺人の光景でありながら、それが一向物凄《ものすご》い印象や忌まわしい記憶を留めてはいない。其処には人が殺されていたにも拘《かかわ》らず、一滴の血も流れてはいず、一度の格闘も演ぜられず、微かな呻《うめ》き声すらも聞えたのではない。その犯罪はひそやかになまめかしく、まるで恋の睦言《むつごと》のように優しく成し遂げられたのだ。僕は少しも寝覚めの悪い心地がしないで、却《かえ》って反対に、眩《まばゆ》い明るい、極彩色の絵のようにチラチラした綺麗《きれい》なものを、じっと視詰《みつ》めていたような気持ちがする。恐ろしい物はすべて美しい、悪魔は神様と同じように荘厳《そうごん》な姿を持っていると云った彼女の言葉は、単にあの宝玉に似た色を湛《たた》えた薬液の形容ばかりでなく、彼女自身をも形容している。あの女こそ生きた探偵小説のヒロインであり、真に悪魔の化身であるように感ぜられる。あの女こそ、長い間僕の頭の中の妄想の世界に巣を喰っていた鬼なのだ。

僕の絶え間なく恋い焦《こが》れていた幻が、かりにこの世に姿を現わして、僕の孤独を慰めてくれるのではないだろうかと、云うようにさえ思われてならない。あの女は僕のために、結局僕と出で会《い》うために、この世に存在しているのではないだろうか。いやそれどころか、昨夜のあの犯罪も、事に依ると僕に見せるために演じてくれたのではないだろうか。——そんな風にまでも考えられる。僕はどうしても、たとえ自分の命を賭《と》しても、あの女と会わずにはいられない。僕はこれから彼女を捜《さが》し出して、彼女に接近することに全力を傾ける積りでいる。……君が心配してくれるのは有《あ》り難《がた》いが、どうぞ何も云わないで勝手にさせておいてくれたまえ。前にも云った通り、僕はあの女の秘密を探るのが目的ではない。僕は彼女を恋いしているのだ。或は崇拝しているのだ、と云った方が適当かも知れない」

こう云って園村は、両手を後頭部にあててぐったりと椅子に反《そ》り返りながら、眼を潰《つぶ》ったきり暫《しば》らくの間沈思していた。

それほどに云うものを、何と云って諫《いさ》めていいか言葉も分らず、おまけにもう、口をきくだけの気力が失せてしまったので、私も同じように椅子に仰向いたまま沈黙していた。そのうちに燃え上るような酔が体中に瀰漫《びまん》した疲労を蕩《とろ》かして、二人は深い快い綿のような睡《ねむ》りの雲に朦朧《もうろう》と包まれていった。このまま二日も三日も打《ぶ》っ通しに寝てしまいはせぬかと、半分眠りかけた意識の底で考えながら、………

私は、あの殺人の事件があった明くる日一日を園村の家に寝通して、夜遅く小石川の家に帰った。心配して待っていた妻は、私の顔を見るとすぐに、

「園村さんはどうなすって、やっぱり気違いにおなんなすったの?」

こう云って尋ねた。

「気違いと云うほどでもないが、とにかく非常に昂奮《こうふん》している」

「それで一体ゆうべの騒ぎは何だったの? 人殺しがあるなんて、まあ何を感違《かんちが》いしたんでしょう」

「何を感違いしたんだか、正気を失っているんだから分りやしないさ」

「だってあれから水天宮の近所までいらしったんでしょう」

私はぎっくりとしながら、さあらぬ体で云った。

「なあに、あれから欺《だま》したり賺《すか》したりして、やっと芝の内まで送り込んでやったのさ。誰があの時刻に水天宮なんぞへ行く奴があるものか。ほんとうに人殺しがあったのなら新聞に出るだろうじゃないか」

「そりゃそうだわね。だけどまあ、どうしてそんなことを考えたんだか、気が違う

と云うものは変なものなのねえ」

こう云ったきり、妻は別段疑ってもいないようであった。

私は二日ぶりでようよう自分の家の寝床の上に身を横たえながら、もう一遍《いっぺん》昨日からの出来事を回想してみた。そもそも昨日の午前中、ちょうど自分が約束の原稿を書きかけていた際に、園村から電話がかかって来たのがこの出来事の発端である。もしもあの出来事が夢であったとすれば、夢と事実との繋《つな》がりはあの電話の時である。あれから自分はだんだんと迷宮の中へ引き込まれ出したのである。園村の気違いが自分に移ったのだとすれば、たしかにあの時が始まりである。何かあの辺で自分はチョイとした思い違いをして、それからとうとう本物になってしまったのらしい。……………そんなら何処で思い違いをしたのだろう。

だが、いくら考え直してみても、私には思い違いをしたらしい箇所が見付からなかった。私が昨夜見たことは、やはりどうしても真実に相違なかった。昨夜の午前一時過ぎに、水天宮の裏の方で、殺人罪が犯されたことは、現在自分の肉眼をもって目撃した事実であった。たとえ私は狂者と呼ばれても、その事実を否定することはできない。すると、その事実に就いて園村が下したところの判断は、大体中っているのだろうか。あの犯罪の性質や、あの女や、角刈と燕尾服の男や、それらに関する園村の意見は正鵠《せいこく》を得ているだろうか。――それを私が説破するだけの反証を挙げることができない以上は、やはり正当と認めるよりほかに仕方があるまい……。

私のこの不安と疑惑とは五、六日続いた。その間に二、三度園村の邸《やしき》を尋ねたが、いつも彼は不在であった。何か用事があるとみえて、この頃は毎日朝早くから外出して、夜おそくでなければお帰りがないと、留守番の者が不思議そうに語った。ちょうど私が一週間目の日に尋ねて行くと、彼は珍しくも在宅していた。そうして機嫌よく玄関へ迎えに出ながら、

「おい君、大変都合のいいところへ来てくれた」

こう云って俄《にわか》に声をひそめて、

「今、僕の書斎へあの女が来ているんだ」

と、喜ばしそうに私の耳へ口を寄せて云った。

「あの女が？……」

そう云ったきり、私は次の言葉を発することができなかった。よもやと思っていたのに、彼はやっぱり彼女を摑《つか》まえて来たのである。いや、或は摑まえられたのかも知れない。そうして酔興にも私を紹介しようと云うのである。

「そうだ、あの女が来ているのだ。……この五、六日僕は始終家を明けて、水天宮の近所を徘徊《はいかい》して、あの女を付け狙《ねら》っていたのだが、こんなに早く近づきになれようとは予期していなかった。僕が如何《いか》にして、如何なる順序で彼女と懇意になったかは、いずれ後で精《くわ》しく報告する。まあとにかく君も会ってみたらいいだろう」

こう云っても、私がまだ躊躇《ちゆうちよ》しているので、彼は私の臆病《おくびよう》を笑うように、

「まあ会ってみたまえよ君、別に危険なことはないから、会ったって大丈夫だよ」

と云った。

「そりゃ、君の書斎で会う分には危険なことはなかろうけれど、これを機会にしてだんだん懇意になったりすると、……」

「懇意になったっていいじゃないか。僕とは既に友達になってしまったのだから」

「君は自分の物好きで友達になったのだから、今更止めたって仕様がない。しかし僕は物好きのお付き合いだけは御免蒙《ごめんこうむ》る」

「じゃ、折角内《せつかくうち》へ呼んでおいたのに、君は会ってくれないんだね」

「会ってみたいと云うような好奇心は十分にある。だが、表向きに紹介されるのは少し困るから、なるべくならば蔭《かげ》へ隠れてそうッと見せて貰《もら》いたいものだ。……どうだろう君、書斎では隙見《すきみ》をするのに不便だから、日本間の方へ連れて行って貰

えないだろうか。そうしてくれると、僕は庭の植え込みの間から見てやるが」

「そうかね、それじゃそうして上げよう。なるべく君の見いいように、客間の縁側へ寄った方で話をしているから、君はあの袖垣《そでがき》の蔭にしゃがんでいるがいい。彼処《あすこ》ならきっと話声まで聞えるだろう。その様子を見た上で、もし気が向いたらいつでも紹介して上げるから、女中を取り次ぎに寄越したまえ」

「はは、まあ有《あ》り難《がと》う。恐らく取り次ぎを煩《わずら》わす必要はないだろう」

こう云いかけて、私は急に或る心配なことを思い出したので、ぐっと園村の手を引っ捕えて念を押した。

「だが君、いくら友達になったからと言って、我れ我れが彼女の秘密を知っていると云うことを、君はまさかしゃべりはしないだろうね。そのために君は殺されてもいいとしても、僕までが飛《と》ばっ塵《ちり》を受けるのは迷惑だからね」

「安心したまえ。その点は僕も心得ている。女は僕らに覗かれたことを、夢にも知りはしないのだ。勿論《もちろん》今後とても僕は決して口外しやしないから」

「そんならいいが、ほんとうに用心してくれたまえ。あれは彼女の秘密であると同時に僕らの秘密だと云うことを、忘れずにいてくれたまえ。二人の生命に関する秘密を、僕に断りなしに勝手に口外する権利はないのだから」

私は非常に気に懸ったので、わざと恐い顔つきをして、こんな言葉で特に彼の軽挙を戒《いまし》めておいた。

私はその日、庭の袖垣の蔭にかくれて再びあの女を窃《ぬす》み視《み》ることになったが、その様子をここにくだくだしく書き記す必要はない。ただ、女が紛《まご》う方なきあの晩の婦人であったことと、その日は割前髪《わりまえがみ》に結って一見女優らしい服装をしていたことと、腕には相変らず例の腕輪が光っていたことと、最後に容貌《ようぼう》の美しさは節穴から覗いた時に少しも異ならなかったことを、付け加えておけば十分である。

園村は既に彼女と余程親密になっているらしかった。何でも二、三日前に、浅草の清遊軒の球場で知り合いになったのだそうであるが、彼女は球《たま》を百ぐらいは衝《つ》くと云う話であった。

「あたしの身の上は秘密です。誰にも話す訳にはいきません。ですからどうぞその積りで付き合って下さい」

彼女はこう云って、それを条件にして園村と交際し出したのだと云う。で、園村はいよいよ自分の推察が中《あた》っていたことを心中にたしかめながら、わざと彼女の住所や境遇を知らない体裁を装って、毎日毎夜、東京市中のバアだの料理屋だの旅館だので落ち合っていた。昨日は新橋の停車場で待ち合わせて、箱根の温泉へ一と晩泊りで遊びに行って、ちょうどその帰りに、芝公園の自分の家へ連れて来たところなのであった。

＊　＊　＊　＊

こんな工合《ぐあい》にして園村と纓子《えいこ》――女は自分をそう呼んでいた。――との関係は、一日一日に濃くなっていくらしかった。たまたま私が訪問しても彼は殆《ほと》んど家にいることはなかったが、彼と彼女とが連れ立って自動車を走らせていたり、劇場のボックスに陣取っていたり、銀座通りを手を取り合って散歩したりしているのを、私はしばしば見ることがあった。その度毎《たびごと》に彼女の服装は変っていて、或る時は縮緬浴衣《ゆかた》に羽織を引っ懸け、或る時は女優髷《じょゆうまげ》にマントを纏い、或る時は白いリンネルの洋服を着て踵《かかと》の高い靴を穿《は》いていた。そうして、その美しさに変りはなくとも、日によって彼女の表情はまるで別人のように見えた。

そのうちに、或る日、――多分二人がそう云う仲になってから一と月も過ぎた時分であったろう。――非常に私を驚かした事件が持ち上った。と云うのは外《ほか》でもない、園村の周囲には纓子ばかりでなく、いつの間にか例の角刈の男までが付き纏っていることを、私は偶然発見したのである。それを見たのは三越の陳列場であって、私が其処《そこ》に開かれている展覧会へ出かけて行った時、園村は纓子の外に角刈の男を連れて、意気揚々と三階の階段を降りて来た。園村の方でも私を避けたようであったが、私は思わずギョッとして立《た》ち竦《すく》んだまま声をかける気にもならなかった。角刈の男は滑稽にも大学生の制服を着けて、書生が主人の供をするように、鞠《きっ》躬如《きゅうじょ》として二人の跡に随行していたのである。

「あの男が出て来る以上は、園村はどんな目に会うか分らない。もう好い加減に捨てておくべき事態ではない」

私はそう思ったので、今度こそはぜひとも彼の酔興を止めさせようと決心して、明くる日の朝早く山内の彼の住居へ押しかけて行った。ところが更に驚くべきことには、玄関へ出た取り次ぎの書生を見ると、それが角刈の男であった。

今日は久留米絣《くるめがすり》の単衣物《ひとえもの》を着て小倉《こくら》の袴《はかま》を穿いている。私が主人の在否を尋ねると、彼は慇懃《いんぎん》に両手を衝いて、

「おいででございます」

と云いながら、愛嬌《あいきょう》のある、しかし賤《いや》しい笑い方をした。

園村は書斎のテエブルに靠《もた》れて、ひどく機嫌が悪そうに塞《ふさ》ぎ込んでいた。私は話声が洩《も》れないようにドーアを堅く締めてから、つかつかと彼の傍へ寄って、

「君、君、角刈の男が内《うち》へ入り込んでいるじゃないか。あれは全体どうした訳なんだ」

こう云って、激しく詰問すると、

「うむ」

と云ったなり、園村はじろりと私を横眼で睨《にら》んで、ますます機嫌の悪い顔つきをする。多分私に尋ねられたのが耻《はず》かしいので、そんな風を装っていたのかも知れない。

「黙っていちゃあ分らないじゃないか。あの男は書生に住み込んでもいるようだが、そうじゃないのかね」

「………まだハッキリと極《き》まった訳でもないんだけれど、学費に困っていると云うから、当分内へ置いてやろうかとも思っている」

園村は大儀《たいぎ》らしく口をもぐもぐと動かして、不承不承に漸《ようや》くこんな返辞をする。

「学費に困っている？　するとあの男は何処《どこ》かの学校へでも行っているのかね」

「法科大学の学生なんだそうだ」

「そりゃ、当人はそう云っていても、君はそれを真《ま》に受けているのかね。ほんとうに法科大学の学生だと云うことをたしかめたのかね」

私は畳みかけてこう詰《なじ》った。

「ほんとか譃《うそ》か知らないけれど、とにかく当人は法科大学の制服を付けて表を歩いている。あの男は纓子の親戚の者で、あの女の従兄《いとこ》にあたるのだそうだ。そう云って紹介されたから、僕もその積りで付き合っているのだ」

何も不思議はないだろうと云わんばかりに、平気な態度でこう答える園村の様子は、寧《むし》ろ私に反感を抱いて、うるさがっているようにしか思われなかった。私は暫くあっけに取られてぼんやりと彼の眼つきを見守っていたが、やがて気を取り直して声を励ましながら、

「君、しっかりしないじゃ困るじゃないか」

こう云って、彼の背中をいきなり一つ叩《たた》いてやった。

「君はまさか真面目《まじめ》でそんなことを云っているのじゃあるまいね。あの男や女の云うことを、一々信用している訳じゃないだろうね」

「だけど君、彼らがそう云うのだからそう思っていたっていいだろう。何も殊更《ことさら》に彼らの身の上を詮索《せんさく》する必要はない。もともとあの連中と付き合う以上は、そのくらいの覚悟がなくっちゃ仕様がないんだ」

「しかし、殊更に詮索しないでも、あの男とあの女とが寄る処には、如何《いか》なる危険

が発生するかと云うことは、既に分っているじゃないか。君が纓子に恋しているのなら、女の方は已《や》むを得ないとして、せめてあの男だけは近づけないようにするのが当然じゃないか」

私がこう云うと、園村はまた横を向いて黙ってしまう。

「ねえ君、僕は今日、君に最後の忠告をしに来たのだ。僕はこの間、君があの男を連れて三越へ行ったところを見たので、余計なおせっかいかも知れないけれど、捨てておかれなくなったからやって来たのだ。僕を唯一の親友だと思ってくれるのなら、どうかあの男だけは遠ざけるようにしたまえ」

「僕にしてもあの男の危険なことはよく知っている。けれども僕はあの男の面倒をみてやるように、纓子からくれぐれも頼まれたのだ。………僕はもう、纓子の言葉に背《そむ》くことができなくなっている。………」

そう云って園村は、私に憐《あわれ》みを乞うがごとく、伏目がちに項《うなじ》を垂れた。

「君はそれでも済むかも知れない。しかしこの間も云ったように、あんまり無謀なことをされると、結局僕までも危険に瀕《ひん》するのだから、僕はどうしても黙っている訳にはいかないのだ。已むを得ない場合には、彼奴《あいつ》らを警察へ訴えるかも知れないから、そう思ってくれたまえ」

私が気色《けしき》ばんでみせても、彼は一向狼狽《ろうばい》する様子もなく、却って妙に落ち着き払いながら、

「訴えたところで警察に臀尾《しっぽ》を押さえられるような連中ではないのだから、つまり僕らが彼奴らに恨まれるばかりだよ。そうなったら猶更《なおさら》君は困りゃしないかね。――まあそんなことは止したらよかろう。ほんとうに心配しないでも大丈夫だよ。僕だって命は惜しいのだから、迂闊《うかつ》なことはしゃべりゃしないよ」

「それじゃ、何と云っても君は僕の忠告を聴いてくれないんだね。そうなれば自然、僕は自分の安全を謀《はか》るためにも、この後君には近付かないようにする積りだが、君は勿論そのくらいなことは覚悟しているのだろうね」

「さあ、どうも今更仕方がない。……………」

それでも園村は驚いた風もなく、折々じろじろと私の顔に流眄《ながしめ》を与えるばかりであった。――恋愛のためならば命をも捨てる。況《いわ》んや一人の友人ぐらいには換えられない。――彼の眼つきはこう云う意味を暗示しているようであった。

「よし、そんなら僕はこれで失敬する。もうこの内《うち》には用のない人間なのだから、……………」

こう云い捨てて、すたすたとドーアの外へ出て行く私の後姿を、彼は格別止めよ

うともしないで、悠然と椅子に凭《もた》れたまま見送っていた。

＊　＊　＊　＊

こうして私は園村と絶交してしまったのである。気紛れな男のことであるから、そのうちには又淋《さび》しくなって、何とかかんとかあやまって来るだろう。きっと私を怒らせたことを後悔しているに違いない。——そう思いながら、私は空《むな》しく一と月ばかり過したが、その後ふっつりと電話も懸らなければ手紙も届かなかった。あの時はああ云うハメになったので、ついムカムカと腹を立てたようなものの、私にしても心から園村を疎《うと》んじていた訳ではなし、余り音信の途絶えているのが、しまいには何だか心配でたまらなくなって来た。

「事に依《よ》ると、園村は殺されてしまったのじゃないかしらん？　燕尾服の男のような目に会わされやしないかしらん？　さもなかったらこんなにいつまでも私を放っておく筈がない」

私は始終それを気に懸けていた。かつ私には、友情以外の好奇心もまだ幾分かは残っていた。纓子と称する女と角刈の男とは、あれからどうなったであろう。不思議な彼らの内幕が、少しは園村にも分っただろうか。………

待ちに待っていた園村からの書信が、それでもとうとう私の手元へ届いたのは、九月の上旬であった。

「ふん、先生やっぱり我慢ができなくなったとみえる」

私は急にあの男が可愛くなったような気がして、忙《せわ》しく封を切って見た。が、手紙の最初の一行が眼に這入《はい》ると同時に、私の顔は忽《たちま》ち真青になった。なぜかと云うのに、その一行には、――「これを僕の遺書だと思って読んでくれたまえ」――こう書いてあったからである。

「これを僕の遺書だと思って読んでくれたまえ。僕は最近に、多分今夜のうちに、纓子のために殺されることを予期している。彼らは恐らく例の方法で、僕の命を取ろうとしている。――そうしてそれは、いかに逃れようとしても逃れられない運命でもあり、また僕としても、それほど逃れたいとは思っていない。要するに僕が死ぬことはたしかだと思ってくれたまえ。

こう云ったら君は嘸《さぞ》かしびっくりするだろう。僕の殆ど方途《ほうず》のない物好きと酔興とを、憫笑《びんしょう》もすれば慨嘆もするだろう。だがどうか僕を憎むことだけは、もしも憎んでいたとしたら、――考え直してくれたまえ。命を捨ててまでも飛び込んで行く僕の物好きを、ただ単純な物好きとのみ思わないでくれたまえ。僕はこの間、明らかに君に対して無礼だった。あの時の僕の態度は君に絶交されるだけの価値は十分にあった。正直を云うと、僕はあの時、恋しい恋しい纓子のためならば、僕の最後の友人たる君を失っても、惜《お》しくはないと云う覚悟だった。寧ろ余計なおせっかいを焼く君なんかは、この後来てくれない方がいいとさえ思っていた。そんな気持ちで僕はわざわざ君を怒らせるように仕向けたのだった。命をさえも惜しまない僕に、どうして君との友情を惜しんでいる余裕が有り得よう。それもこれも、みんな僕の物狂おしい恋愛の結果なのだから、何卒《どうぞ》悪く思わないでくれたまえ。僕の性格を知り抜いている君のことだから、今になればあの時の無礼を赦《ゆる》してくれるに違いないと僕は堅く信じている。平素から理解に富み、同情に富んでいる君が今夜限りこの世を去って行く僕を、憐みこそすれ憎んでいよう筈はない。そう思って僕は安心して死ぬ積りでいる。

しかし、どうして僕は死ななければならなくなったか、いかにして事件が其処《そこ》まで進行したか、その経過を今生《いまわ》の際《きわ》に一応君に報告して、君の無用の心配を除くのは、僕の義務であらねばならない。僕はこの手紙によって、自分の義務を果すと同時に、改めて僕の最愛の友たる君に、自分の死後に関する事件をお頼みしたいのだ。

その後の事件の経過に就いては、精《くわ》しく書けば殆ど際限はないのだが、ただ極めて簡単に書き記して、あとは大凡《おおよそ》君の推察に任せておこう。――つまり、彼らが僕を殺そうとしている第一の原因は、纓子にとって僕と云う者の存在がもう今日では邪魔にこそなれ何らの愉快をも利益をも与えなくなってしまったからだ。なぜかと云うに、僕は既に自分の全財産を残らず彼女に巻き上げられてしまったからだ。彼女が僕と懇親になったのは、思うに始めから僕の家の財産がめあてであったらしい。………僕にはそれがよく分っていながら、やっぱり彼女を愛せずにはいられなかったのだ。そうして第二の原因は、彼らの秘密が追い追い僕に知れ渡るようになったことで、これが僕を殺そうとする最も重大な動機であるらしい。彼らは自衛上、僕を生かしておく訳にはいかなくなったのだ。

彼らが僕を殺そうとする計画のあることを、僕はどうして感付いたか、それは精しく説明するまでもなく、この手紙に封入してある別紙の暗号文字を読めば、君にも自《おのずか》ら合点がいくだろう。この暗号文字は、内《うち》の庭先に落ちていたのを、ゆうべ僕が拾ったので、疑いもなく纓子と角刈の男との間に交された秘密通信である。彼らは例の符号を用いて僕を暗殺する相談を廻《めぐ》らしている。この通信の内容がどう云う意味を含んでいるか、この間の方法によって翻訳してみれば直ちに明白になる。

要するに彼らは今夜の十二時五十分に、又しても例の場所で例の手段に訴えて僕を殺そうとしているのだ。僕は定めし彼女に首を絞められた揚句、屍骸《しがい》を写真に写されるのだろう。そうしてあの薬液を湛えた桶《おけ》の中に浸されるのだろう。かくて明日の朝までには、僕の肉体は永遠にこの地球上から影を消してしまうのだ。考えてみれば、脳卒中で頓死《とんし》するよりも、大砲の弾丸で粉微塵《こなみじん》になるよりも、もっと気持のいい死に方だ。況んやそれが自分の一命を捧げている女の手によって行われるにおいてをや。僕はそう云う風にして自分の生涯を終ることを、何らの誇張もなしに、この上もない幸福だと思っている。

しかし纓子は、どう云う風にして僕を水天宮の裏まで連れ出す積りか、それはまだ明らかでない、尤《もっと》も僕は今日彼女と一緒に帝劇へ行く約束になっているから、その帰り路に、何とか僕を欺いて彼処《あすこ》へ引っ張り込む計略なのだろう。大概そんなことであろうと、僕は見当をつけている。

僕の物好きは、最初はただ彼女に接近してみたいと云うのに過ぎなかった。けれども今では自分の全身を犠牲にしなければ已《や》みがたくなっている。僕にしても命が惜しければ、今夜の運命を避ける方法がないでもなかろうが、そんなことをしたいとは夢にも思わない。それに又、彼らから一旦睨まれた以上、今夜だけは逃れたにしてもいつまでも無事でいられる筈はない。いずれにしても今夜の運命は、とうから僕の望んでいたところなのだ。

だが、君を安心させるために僕は特に断っておく。彼らは自分たちの秘密の一部が僕に嗅ぎ出されたことを内々感付いてはいるものの、君と僕とがあの晩に節穴から覗いたことや、暗号通信を拾われて読まれたことや、それらの事件は未だに気付かずにいるらしい。少なくとも僕以外に彼らの秘密を知っている君と云う者があることは、全然彼らの想像にも上っていない。だから僕が殺された後、君にして自ら進んで彼らの罪状を発《あば》くような行為に出《い》でない限り、君の位置は絶対に安全な訳である。此処《ここ》に封入した暗号通信の紙片は、ただ僕の記念として永く君の手許《てもと》に秘蔵して貰いたい。この紙片を証拠として彼らを訴えるような軽率な真似は、返す返すも慎んでくれるようにお願いしておく。僕も勿論、君の迷惑を慮《おもんぱか》って、節穴の一件は最後まで口外しない覚悟でいる。僕は何処《どこ》までも、彼女の色香に迷わされ、彼女の計略に乗せられて死んだ者だと、纓子に思い込ませてやりたい。彼女を恋いし、崇拝している僕としては、その方が彼女に対して余計に親切であり、フェイスフルであると思う。

そこで、僕が君への頼みと云うのは外《ほか》でもない。今夜の十二時五十分に、君は例の水天宮の裏の路次《ろじ》へ忍び込んで、再びこの間の晩のように、窓の節穴から僕の最期を見届けてはくれないだろうか。いかにして僕と云うものがこの世から失われていくか、その様子を蔭《かげ》ながら検分してはくれないだろうか。既に話した通り、纓子のために有るだけの物を巻き上げられてしまった僕は、この世に遺《のこ》すべき一文の財産もなく、あったところでそれを譲るべき子孫もなく、又君のように芸術上の著述があると云うのでもない。その上屍骸をまでも薬液で溶かされてしまったら、僕がこの世に嘗《かつ》て存在した痕跡は、完全に影も形もなくなってしまうのだ。僕が生きていたと云う事実は、ただ君の頭の中に記憶となって留まるだけなのだ。そう思うと、僕は何だか淋しいような心地がする。せめては僕の生前の印象を、少しでも深く君の頭へ刻み付けておきたいような気持ちがする。それには君に僕の死にざまを見て貰うのが一番いい。君が節穴から覗いていてくれるかと思うと、僕も意を安んじて心おきなく死ねるような気がする。これまでにも散々我儘《わがまま》な仕打《しうち》をして君に迷惑をかけた揚句、最後にこんなお願いをするのは、重ね重ね勝手な奴だと思われるかも知れないが、これも何かの因縁だとしてあきらめてくれたまえ、そうしてぜひ、僕のこの頼みを聴き届けてくれたまえ。

死ぬ前に、一遍君に会いたいと思っていたのだけれど、この頃は絶えずあの二人が僕の身辺に付き纏うているので、この手紙をしたためるのさえ容易ではなかったのだ。首尾よく今日のうちにこれが君の手もとまで届いてくれるかどうか、そうして今夜の十二時五十分に君が間に会ってくれるかどうか、僕は今そればかりを心配している。

それから、もう一つの肝腎《かんじん》なお願いは、決して僕の一命を救ってやろうなどと云う親切気を起してくれないことだ。僕が彼女に殺されることを祈っているのは、断じて負惜《まけお》しみではないのだ。もしも君が、余計な奔走や干渉をしてくれたら、たとえその動機が友情に出《い》でているにもせよ、僕は却《かえ》って君を恨まずにはいられない。その時にこそ、僕はほんとうに君と絶交するかも知れない。僕の性情を理解してくれないような人なら、友人として付き合う必要はないのだから」

園村の手紙は、これでぽつりと終っている。それが私の家に届いたのは、ちょうどその日の夕方のことであった。

さて、私はその晩どうしたか。彼の切なる頼みを斥《しりぞ》けて、彼の危急を救わんがために悪徒の一団を警察へ密告したか。それとも彼の希望を容《い》れて、何処までも彼の唯一の友人としての義務を尽したか。――勿論、私としては後者を選ぶよりほかはなかったのである。

私は、その晩例の節穴から覗き込んだ光景を、到底ここに詳細に物語る勇気はない。同じ殺人の惨劇にしても、この前の時は自分に何の関係もない一人の燕尾服の男に過ぎなかったのに、今度は自分の親友がむごたらしく殺されるところをまざまざと見せられたのである。どうして私に、それを精しく描写するだけの冷静を持つことができよう。……

嘗て園村に暗い横丁をぐるぐると引《ひ》き廻《まわ》された私は、あの家の位置がどの方角にあったか忘れてしまったので、それを捜《さが》しあてるまでには一時間ばかり近所の路次をうろうろしなければならなかった。そうして漸《ようよ》うあの家を見付け出したのは、指定の時間の十二時五十分よりも五、六分早い時であった。——云うまでもなく、鱗《うろこ》の目印はその晩も門口に施されてあった。もしも目印が付いていなかったら、私は大方捜し出すことができなかったかも知れない。——かくて私は彼が彼女に絞め殺される刹那《せつな》から、写真を取られてタッブへ投げ込まれる時分まで、始終の様子を一つ残らず目撃したのである。おまけに、この前の時はすべてが後ろ向きに行われたようであったが、その晩は加害者も被害者も節穴の方へ正面を向いて、あたかも私の観覧に供するがごとき姿勢を取っていた。園村の眼は、屍骸になってから後も、じっと節穴の此方《こちら》にある私の瞳を睨んでいるようであった。

彼が、頸部《けいぶ》へ縮緬《ちりめん》の扱《しご》きを巻きつけられながら、死に物狂いに藻掻《もが》き廻って、いよいよ息を引き取ろうとする瞬間の、重い、苦しい、世にも悲しげな切《せつ》ない呻《うめ》き声。同時ににっこりと纓子の頰《ほお》を彩《いろど》った冷やかな薄笑い。――角刈の男の残忍な嘲《あざけ》りを含んだ白い眼玉。それらの物がどんなに私を脅《おびや》かしたかは、読者の想像に任せておくより仕方がない。

死体の撮影や、薬の調合や、万事がこの前通りの順序で行われた。最後に傷ましい彼の亡骸《なきがら》が西洋風呂へだぶりと浸されると、

「此奴《こいつ》も松村さんのように痩《や》せているから、溶かしてしまうのに造作はないね」

こんなことを纓子が云った。

「ですがこの男は仕合せですよ。惚《ほ》れた女の手にかかって命を捨てれば、まあ本望じゃありませんか」

こう云って、角刈は低い声でせせら笑った。

室内の電燈が消えるのを待って、忍び足に路次を抜け出した私は、茫然《ぼうぜん》とした足どりで人形町通りを馬喰町《ばくろちょう》の方へ歩いて行った。

「これでおしまいか、これで園村と云う人間はおしまいになったのか」

そう考えると、悲しいよりは何だか馬鹿にあっけないように感ぜられた。平素か

ら気紛《きまぐ》れな、つむじ曲りの男であっただけに死に方までがひねくれている。酔興も彼処《あそこ》までいけば寧《むし》ろ壮烈であると私は思った。

すると、それから二日目の朝になって、私の所へ一葉の写真を郵送して来た者がある。開いて見ると、それは紛う方もなく一昨日の晩の、園村の死に顔を写したものので、発送人は無論誰とも書いてはなかった。

写真の裏を返すと、見覚えのない筆蹟で、下のごとき長い文句が認《したた》めてある。

「われわれは、足下《そっか》が園村氏の親友であったと云う話を聞いて、この写真を記念のために足下に贈る。足下は或は、園村氏の不可思議なる行衛《ゆくえ》不明に就《つ》いて、多少の消息に通じておられるかも知れない。しかしこの傷《いた》ましい写真を御覧になったならば、その間の秘密を一層明らかにせられるであろうと思う。とにもかくにも、園村氏は某月某日某所において横死を遂げたのである。

なお我れ我れは、園村氏から足下への遺言を委託されている。それは、芝山内なる同氏邸宅の書斎の机の抽《ひ》き出《だ》しに、若干の金子《きんす》が入れてあるから、どうかそれを足下の自由に使用して貰いたい。これは同氏がいよいよ自己の運命の避けがたきを悟った時、我れ我れに云い残された言葉であるから、我れ我れはただ正直にそれを足下に取り次ぐまでである。

われわれは、足下の人格を信頼している。足下にしてその信頼に背かない限り、我れ我れもまた決して足下に迷惑をかける者でないと云うことを、ここに一言付け加えておく」

この文句を読むや否や、私はそっと写真を手文庫の底に収めて堅く錠を卸《おろ》した後、直ちに芝の園村の家に向った。

ところがどうであろう、彼の邸《やしき》の玄関には、今日も依然として、角刈の男が書生の役を勤めている。そうして、私が何とも云わないうちに、彼はいそいそと私を案内して奥の書斎へ案内するのであった。

するとまた、どうであろう、書斎の中央の安楽椅子には、一昨日の晩殺された筈の園村が、ちゃんと腰をかけて、悠々と煙草《たばこ》をくゆらしているのである。私はハッと思った途端に、

「畜生！　さては園村の奴《やつ》め！　長い間己《おれ》を担《かつ》いでいたのだな」

そう気が付いたので、つかつかと彼の傍へ寄って、

「何だい君、一体どうしたと云うんだい。今までのことはみんなあれは譃《うそ》だったんだね。僕は担がれたとも知らずに、飛んだ心配をしたじゃないか」

こう云いながら、穴の明くほど彼の顔を覗き込んだ。実際、外の人間なら格別、相手が園村では私にしても怒る訳にはいかなかった。

「いや、どうも君には済まなかった。――」

と、園村は遠くの方を見詰めながら、徐《おもむろ》に口を開いた。その表情は例のごとく憂鬱《ゆううつ》で、「一杯喰わせてやった」と云うような得意らしい色は、毛頭も現れていなかった。

「いかにも君は担がれたに相違ない。しかしこの事件は、最初から僕が担いだ訳ではないのだ。前半は僕が纓子に担がれ、後半は君が僕に担がれたのだ。それも決して一時の慰みで担いだ訳ではないのだから、どうかその点は十分に諒解《りょうかい》してくれたまえ」

彼はこう云って、その理由を下のように説明した。――

纓子と云う女は、嘗《かつ》て某劇団の女優を勤めたこともあって、その容貌と才智とを売り物にしていたが、先天的の背徳狂である上に性欲的にも残忍な特質を持っているので、間もなく劇団から排斥されて不良少年の群に投じ、この頃では専《もっぱ》ら金の有りそうな男を欺《だま》すことばかり常習としていた。ところがここに、以前園村の邸《やしき》の書生を勤めていたSと云う男があって、その後堕落をした結果纓子と知り合いになったために、彼女は園村の噂《うわさ》をSからたびたび聞かされるようになった。園村と云う人は、金があって、暇があって、始終変った女を捜し求めている物好きな男だ。気むずかしい代りには、多少気違いじみた性質があって、惚れた女にならば自分の全財産は愚《おろ》か、命までも投げ出しかねない人間だから、あなたの智慧《ちえ》と器量とで欺してかかれば、きっと成功するに違いない。あなたを一と目見たばかりで、忽ち釣り込まれてしまうようなウマイ計略を授けて上げるから、ぜひ一つ試して御覧なさい。――こう云ってSは纓子にすすめた。

園村が例の暗号文字の紙片を拾った活動写真館の事件から、水天宮の裏の長屋で燕尾服の男が殺されるまで、それらはすべて纓子が仲間の男を使って、Sの案出した方策の下に、園村をわざわざ節穴へおびき寄せる手段だったのである。暗号文字の文章は、Sが面白半分に考えたので、角刈の男はそれを殊更園村に拾わせるように落したのであった。人体を溶かすと云う青と紫との薬液も、勿論出鱈目《でたらめ》のいたずらなので、燕尾服の男はただ殺された真似をしたのに過ぎなかった。松村さん云々《うんぬん》と云った言葉も、偶然彼女が新聞に出ていた松村子爵の事件を思い出して巧《たく》みに応用したのであった。こうして園村の趣味や性癖を知悉《ちしつ》しているSの策略は見事に的中して、彼は忽ち纓子に魅せられてしまった。

さて此処《ここ》までは園村が纓子に欺されたので、これから先は私が彼に欺されたのである。彼は纓子と懇意になってから、ほどなく自分が担がれていたと云うことを悟ったにも拘《かかわ》らず、それほどまでにして男を欺そうとする彼女の物好きを、――彼自身にも劣らないほどの物好きを、寧ろ喜ばずにはいられなかった。彼の彼女に対する愛着はそのために一層募《つの》るばかりであった。担がれたのだとは知りながらも、彼はあの晩路次の節穴から見せられた光景を、譃のようには思えなかった。自分もどうかしてあの燕尾服の男のように、纓子の手によって命を絶たれたい。そう云う願望のむらむらと湧《わ》き上るのを禁じ得なかった。

彼は纓子の思いのままに翻弄された。金でも品物でも欲するままに与えた。そうして最後に、「私の財産は残らずお前に上げるから、何卒《どうぞ》私をお前の手で、この間のようにして本当に殺してくれ。これが私の、お前に対するたった一つのお願いだ」こう云って、熱心に頼んだのであった。しかし、纓子がいかに物好きな不良少女でも、まさかにその願いばかりは承知する訳にいかなかった。

「そんならせめて、私を殺す真似だけでもやってくれ。私はその光景を、私の友達に見せてやりたいのだから」

そこで園村はこう云って頼んだ。――思うに園村がこんな真似をしたがるのは、単に好奇心ばかりでなく、何か彼に独得な、異常な性欲の衝動が加わっているのであろう。――

「ここまで話をすれば、もう大概分っただろう。君を担ぎたくって担いだのではない。園村と云う人間が彼女に殺された事実を、僕もできるだけ君と同様に真に受けていたかったのだ。君に節穴から覗いていて貰ったら、あの晩の気分や光景が、余計真に迫るだろうと考えたのだ。纓子さえ承知してくれれば、僕はいつでも本当に死んでみせる」

と、園村は云った。

やがて扉の外に軽いスリッパアの足音が聞えて、其処《そこ》へ纓子が這入《はい》って来た。彼女はたびたび恐ろしい悪戯《いたずら》に用いた縮緬の扱きを、両手で弄《もてあそ》びながら、私へ紹介して貰いたそうに二人の男の間に立って、悪びれた様子もなく莞爾《かんじ》として微笑した。

解説――「犯罪」としての話法

渡部直己

デビュー作『刺青《しせい》』の文学史的意義の大きさや、『痴人《ちじん》の愛』『春琴抄《しゅんきんしょう》』『少将滋幹《しげもと》の母』『細雪《ささめゆき》』『鍵』といった数々の傑作、および『源氏物語』現代語訳などの盛名の陰に隠れて、一般にはあまり広く知られてはいないが、谷崎潤一郎はまた、わが国の推理小説の発展に、きわめて重要な影響を与えた作家でもある。

通常、日本の創作推理小説の生みの親と目されるのは、大正末期から昭和初年にかけての「大衆文学」勃興期に登場した江戸川乱歩であるが、その彼の述懐によれば、日本のE・A・ポーたらんと欲した青年期の乱歩にとって、当時の谷崎ほど刺激的な作家はいなかったという。当然の話で、つとに明治四十年の学生時代よりポーを愛読し、『刺青』『秘密』の最初期から大正時代大半にいたるみずからの文学の基底に、ポーの小説のもつデカダンスと、謎めいた犯罪にまといつく芳醇な官能性とを摂取し、この〈悪と美〉の退嬰的な結びつきのうちに、独特のマゾヒスムを絡めとろうとしていた谷崎である。ポーに心酔していた乱歩がこの作家を見逃すはずもない。「悪魔主義」の芸術家《モダニスト》を標榜していたこの時期の谷崎の小説一般から発する濃厚に世紀末的な耽美性が、若い乱歩にとってどれほど魅力的なものであったかは、容易に察せられようが、谷崎はさらに、大正の中ごろに集中的に試みた一連のミステリー小説の技法と文体とによって、乱歩の出発により直接的な影響を及ぼすことになる。

この点を強調するだけで、わが国の推理小説界と谷崎との重要な関わりは明瞭であるはずだが、本書に収めた四篇は、谷崎のそのミステリー小説群のなかでも殊にすぐれた作品であるばかりでなく、これらはまた、ポーによって創始された推理小説というジャンルそのものの本質にたいして、谷崎がいかに鋭く（ある意味では、乱歩をふくめそれ以後の数々の推理小説家たち以上に）深い理解をもっていたかを示す好篇でもある。

では、推理小説の本質とはなにか。

ここでは主として、その点に絡む谷崎の技量のほどについて簡単に触れてみたいが、このジャンルにおいては、ほかのどの場合にもまして、読者との意図的な戯れが演じられる事実をまず銘記しておきたい。ポーの独創がこの場で発見したのは、犯人であるよりはむしろ読者であり、推理小説の最大の糧とは、作品を前にしたその読者という存在の、いわば不断の劣性にほかならない。語りだす前から話者はあらかじめすべてを知り尽くし、読者は語られつつあることしか知らない。あらゆる小説に共通するこの優劣関係そのものを最大限に利用するこのジャンルにあって、謎はたえず、読むという体験に固有の限界それじしんのうちに延命し、宙吊りにされつづける。だからこそポーは、ジャンルの創始にあたり、「名探偵」という名のもっとも鋭敏な読者を作中に登場させたのだといっても過言ではなく、実際、そのデュパンこのかた、数々の「名探偵」たちは、読者とほぼ同じ条件下でさまざまな「事件」を解明することになるだろう。

　読者の代表としての「名探偵」こそもたなかったものの、谷崎のミステリー小説が踏襲したのも、およそ右のようなジャンルの本質であった。言い換えるなら、谷崎はそこで、読むという体験そのもののミステリアスな性質を積極的に刺激する、いわば「犯罪」として話法を華麗に繰り広げてみせるのだが、たとえば（本文より先にこの「解説」を読んでいる方々はここでいったんページを閉じたほうがよいかもしれないが）、『私』（大正10年）と題された一篇において、作者が見事に披露するのは、ポーの『お前が犯人だ』のうちに副次的な趣向として示されてあった、一人称それじたいの詐術《サスペンス》である。『お前が犯人だ』の一人称の語り手が、事件の客観的な報告者を装いつつ、その陰で探偵役をひそかに演じていたように、いかなる場合にあっても、作中の「私」は、たえず二人である。すなわち、「私」はそこで、〈語る私〉と〈語られる私〉との二極に分裂しており、一人称に伴うこの本質的な分身性を利用して、前者は後者との距離をいかようにも自在に伸縮することができる（試みに、「私は部屋を出た」という一文を「私が部屋を出た」と書き換えてその伸縮の一端を感受してみるとよい）。このとき、話者としての自分じしんのすがたに読者の目を強く惹き寄せることによって、その「私」は、作中人物としてのいま一方の「私」の行状を隠すことができる。「私」とはつまり、「私」について語らぬ自由をも保持するものにほかならない。この沈黙の自由のうちに「謎」がはらまれるところに、一篇の面目がかかっているのだが、一高の寮内に頻発する窃盗事件を語る当人がじつは犯人であったというこの作品が、同じトリックで名高いアガサ・クリスティー『アクロイド殺人事件』の五年前に書かれている事実を付言しておかねばなるまい。

　ことわるまでもなく、話者である「私」が作者と共有するこの沈黙の自由は、そのまま読者であるわれわれの不自由にほかならぬが、作中の一人称はむろん、逆に、読者の不自由とぴたりと重なりながら、そこに「謎」を惹き寄せることもできるわけで、『白昼鬼語』（大正7年）の「私」が担うのは、その種のサスペンスである。

　ポーの『黄金虫《こがねむし》』に描かれた「暗号」から始まるこの一篇において、狂言回しの役をつとめる「私」が、物語の前半と後半の山場で、ふたつのよく似た「殺人現場」を「垣根の節穴」ごしに覗き見るくだりの象徴性に注目しよう。このとき、「節穴」が許す視界のほかには何一つ目にすることのできぬこの〈目撃者《わたし》〉とは、取りもなおさず、書かれつつあること以外には何も知らない〈読者《われわれ》〉と等しく、一人称を介して互いの限界を重ねあわせるこの二者は、それゆえここで、二度も欺かれるのである。前半の「殺人」場面が、「マゾヒスト」園村を惹き寄せるための纓《えい》子《こ》らの狂言であったことも、後半のそれが、今度は園村によって仕掛けられた狂言であることも、「私」たちは知らない。その〈目撃者＝読者〉の劣性を挑発するかのように、二度目の場面では、「加害者も被害者も節穴の方へ正面を向いて、あたかも私の観覧に供するがごとき姿勢を取っていた」のだといえばよいか。

　三人称で語られる『途上』（大正9年）において、「読者」ゆえに不可避な同じ劣性を共有するのは、一転して今度は、「犯人」の側である。ここには、〈犯人＝読者〉の構図が演出されており、路上の会話をとおしてひとりの男の犯罪が暴き立てられてゆくこの一篇では、探偵は、あらかじめすべてを知っている作者の位置に一致し、探偵の言葉に徐々に追い詰められてゆく犯人は、その徹底した受動性において、明らかに読者の位置の限界と一致するのだ。この一篇は、内外の推理小説史上もっとも早い時期に、いわゆる「可能性《プロバビリティ》の犯罪」を描いたものとして、先の乱歩や平野謙らによって高く推奨されて以来、谷崎のミステリーのなかでも殊に名高い作品だが、上述の観点から見逃せぬのはやはり、谷崎がここでもまた、そのミステリーを、読むという体験の至近の場所に、――すなわち、われわれと全く同様に、言葉が発せられるまで、作者＝探偵が何を知っているのかを知らないこの男の狼狽や怯えのうちに、――仕掛けている点にほかなるまい。

　もちろん、ジャンルの本質にかかわる以上のような側面を利用しさえすれば、それだけで良質のミステリー小説が出来上がるわけではないし、たんなるトリックを誇示することだけが谷崎の目的であったわけでもない。

　たとえば、後年の作者が「自分の今迄の全作品を通じてもすぐれているものの一つ」（「春寒」・昭和5年）と自賛する『私』の一人称は、同時に、仲間たちから次第に強い嫌悪を受けはじめる主人公の不安を描くのに不可欠な形式でもあるだろう。『途上』においても、作品の主眼のひとつが「自分で自分の不仕合わせを知らずにいる好人物の妻君の運命――見ている者だけがハラハラするような、――それを夫と探偵の会話を通して間接に描きだす」(同右)点にあったことは如実に感知される。出来ることなら、自分が殺される一瞬を人目にさらしたいという、マゾヒスティクな被殺＝被視願望の生々しさこそが、『白昼鬼語』の、むしろ最大の読みどころだというべきだろうし、『柳湯の事件』(大正7年)についても同様だ。これもやはり、一人称の言葉の真偽は原則としてははかり知れぬという「謎」の出自よりは、その言葉を語る主人公の妄想の異様さがすべてに優先するとみなすほうが、おそらく賢明であろうと思う。

だが、ひとことだけ付言しておけば、たとえばその願望や妄想の生々しさとて、それらに絡む執拗な描写性を抜きにしては、ここで何の意味ももたず、それもまたわれわれ読者への策略をはらんでくるのだ。なぜなら、目にしたものや手足に触れたものを忠実に再現するようでいて、描写とはそのじつ、現実の視界や触界の輪郭を大きく逸脱して、読むことの特殊な《いま・ここ》を生々しく刺激する小説技法のひとつであるからで、『白昼鬼語』の連綿とした視覚描写も、『柳湯の事件』の執拗に官能的な触覚描写も、まさにそのようなものとして読者を挑発しつづけるのである。

かりにそうしたことがらについてまで厳密に考えはじめると、本書に収められた四篇をことさら「推理小説」「ミステリー小説」と呼ぶことすら副次的な問題になってくるのかもしれぬし、事実、そうであるからこそ、これらは二度、三度と再読に堪える作品となっているわけだが、この点の詳述は「解説」の域を優にこえてしまう。ここではとりあえず、読むという体験そのものに仕掛けられた華やかで挑発的な「犯罪」や「罠」のありかたについて、また、新来の一ジャンルの本質をあっさりと見抜き、余人に先駆けて苦もなく一級品を書き上げてしまう谷崎潤一郎の、大作家ならではの幅広い力量のほどを、繰り返し称賛しておけば足りるだろう。

本書は一九九一年八月、集英社文庫として刊行されたものを再編集いたしました。

〈読者の皆様へ〉

本作品には「気違い」「狂人」などの精神障害者に対する差別語や、これに関連した差別表現があります。これらは差別を拡大、助長させる言葉で現在では使用すべきではありませんが、本作品が発表された時代(一九一八年〜一九二一年)には、社会全体として、人権や差別に関する認識が浅かったため、このような語句や表現が一般的に使われており、著者も差別助長の意図では使用していないものと思われます。また、著者が故人のため、作品を改変することは、著作権上の問題があり、原文のままといたしました。

(編集部)

集英社文庫

谷崎潤一郎犯罪小説集《たにざきじゅんいちろうはんざいしょうせつしゅう》

2007年12月20日　第1刷
2015年10月12日　第4刷

定価はカバーに表示してあります。

著　者　谷崎潤一郎《たにざきじゅんいちろう》

発行者　村田登志江

発行所　株式会社　集英社
東京都千代田区一ツ橋2-5-10　〒101-8050
電話　【編集部】03-3230-6095
【読者係】03-3230-6080
【販売部】03-3230-6393(書店専用)

印　刷　図書印刷株式会社

製　本　図書印刷株式会社

フォーマットデザイン　アリヤマデザインストア　　マークデザイン　居山浩二

ISBN978-4-08-746249-4 C0193